美しい日本語　荷風

永井荷風
持田叙子・髙柳克弘【編著】

Ⅱ 人生に口づけする言葉

慶應義塾大学出版会

美しい日本語　荷風　Ⅱ　人生に口づけする言葉　目次

第一部　荷風　散文・詩より　持田叙子　5

時を知る人　6

小さな幸せの花束

砂　糖　8

恋　人　15

燈火の巷　20

散柳窓夕栄　36

日和下駄　47

快活なる運河の都とせよ　62

草　箒　66

机辺の記　71

きのうの淵　79

恋の蜜、官能の焔

午すぎ　90

すみだ川　94

腕くらべ 112
つゆのあとさき 128
寝顔 158
踊子 165
おもかげ 180
裸体 190

*

第二部
荷風 俳句より 高柳克弘 199

第一部

荷風　散文・詩より

持田叙子

時を知る人

勤労時間、食事時間、睡眠時間……。いろいろな時間がある。私たちは腕時計を身につけ、つねに細切れの時間を追う。しかし真に時間を知り、理解しているであろうか。

永井荷風という人は、人生という残酷で美しい時間を熟知していた。ついには全て消える。けっきょくは無。無に沈んでゆく人生時間を、極限まで深く美味しくあじわおうとした。彼の文学は、時の知者の文学とも言える。

たとえば瞬間の幸福を重んじた。茶屋での昼寝ざめ、飲み残した盃に春空の青い色が映っていたこと。暮れゆく川に降る雪を大好きな友とながめたこと。過去も鮮やかにあじわい返した。あたたかく抱いてくれた母の膝。そっとのぞいた祭日のにぎわい。異なる関係性の弧につらなる儚く美しい時間が、彼のこころに何層も積もる。

ぼやぼや生きてはもったいない。つねに感じ考え、主体的に人生を歩くこと。いとしい人の顔を両手ではさんでそっと口づけするように、彼の文学は人生という時間を愛する術を私たちに教えてくれる。

小さな幸せの花束

砂糖

大正十年、一九二一年十月、「国粋」に発表された随筆である。翌十一年七月、春陽堂より刊行された小説・戯曲・随筆集『雨瀟瀟』におさめられた。全文をかかげる。

病めるが上にも年々更に新しき病を増すわたしの健康は、譬《たと》えて見れば雨の漏る古家か虫の喰った老樹の如きものであろう。雨の漏るたび壁は落ち柱は腐って行きながら古家は案外風にも吹き倒されずに立っているものである。虫にくわれた老樹の幹は年々うつろになって行きながら枯れたかと思う頃、哀れにも芽を吹く事がある。

先頃掛りつけの医者からわたしは砂糖分を含む飲食物を節減するようにとの注意を受けた。たれが言い初めたか青春の歓楽を甘き蜜に酔うといい、悲痛艱苦《かんく》の経験をたとえて世の辛酸《しんさん》を嘗《な》めると言う。甘き味《あじわい》の口に快きはいうまでもない事である。

わが身既に久しく世の辛酸を嘗めるに飽きている折から、今やわが口俄《にわか》にまた甘きものを断《た》たねばならぬ。身は心と共に辛《から》き思いに押しひしがれて遂には塩鮭の如くにならねば幸《さいわい》である。

午にも晩にも食事の度々わたしは強い珈琲《コーヒー》にコニャックもしくはキュイラソオを濺《そそ》ぎ、角砂糖をば大抵三ツほども入れていた。食事の折のみならず著作につかれた午後または読書に倦《う》んだ夜半にもわたしはしばしば珈琲を沸かすことを楽しみとした。

珈琲の中でわたしの最も好むものは土耳古《トルコ》の珈琲であった。トルコ珈琲のすこし酸《す》いような渋い味いは埃及《エヂプト》煙草の香気によく調和するばかりでない。仏蘭西《フランス》オリヤンタリズムの芸術をよろこび迎えるわたしにはゴーチエーやロッチの文学ビゼやブリュノオが音楽を思出させるたよりともなるからであった。

いつ時分からわたしは珈琲を嗜《たしな》み初めたか明かに記憶していない。しかし二十四歳の秋亜米《アメ》利加《リカ》へ行く汽船の食堂においてわたしは既に英国風の紅茶よりも仏蘭西風の珈琲を喜んでいた事を覚えている。紐育《ニューヨーク》に滞留して仏蘭西人の家に起臥《きが》すること三年、珈琲と葡萄酒とは帰国の後十幾年に及ぶ今日まで遂に全く廃する事のできぬ者となった。

蜀山人が長崎の事を記した瓊浦又綴《けいほゆうせつ》に珈琲のことをば豆を煎《い》りたるもの焦臭《こげくさ》くて食うべからずとしてある。わたしは柳橋の小家《こいえ》に三味線をひいていた頃、又は新橋の妓家《ぎか》から手拭さげて朝湯に行った頃——かかる放蕩の生涯が江戸戯作者《げさくしゃ》風の著述をなすに必要であると信じていた頃にも、わたしはどうしても珈琲をやめる事ができなかった。

各人日常の習慣と嗜好とはおよそ三十代から四十前後にかけて定まるものである。中年の習慣は永く捨てがたいものである。捨て難い中年の習慣と嗜好とを一生涯改めずに済む人は幸福である。老境に入って俄に半生慣れ親んで来たものを棄て排《しりぞ》けるは真に忍び難い。年老いては古きをしりぞけて新しきものに慣れ親しもうとしても既にその気力なく又時間もない。

珈琲と共にわたしはまた数年飲み慣れたショコラをも廃さなければならぬ。数年来わたしは独居の生活の気儘《きまま》なるを喜んだ代り、炊事の不便に苦しみいつとはなく米飯を廃して麺麭《パン》のみを食していた。塩辛き味噌汁の代りに毎朝甘きショコラを啜っていた。欧洲戦争の当時船来の食料品のはなはだ払底《ふってい》であった頃にもわたしは百方手を尽して仏蘭西製のショコラを買っていたのである。

巴里《パリー》の街の散歩を喜んだ人は皆知っているのであろう。あのショコラムニエーと書いた卑俗な広告は、セーン河を往復する河船《かわふね》の舷《ふなばた》や町の辻々の広告塔に芝居や寄席の番組と共に張付けられてあった。わたしは毎朝顔を洗う前寝床の中で暖かいショコラを啜ろうと半身を起す時、枕元には昨夜読みながら眠った巴里の新聞や雑誌の投げ出されてあるのを見返りながら、折々はわれにもあらず十幾年昔の事を思出すのである。

巴里の宿屋に朝目をさましショコラを啜ろうとて起き直る時窓外《そうがい》の裏町をば角笛吹いて山羊の乳を売行く女の声。ソルボンの大時計の沈んだ音。またリヨンの下宿に朝な朝な耳にしたロオン河の水の音。これらはすべて泡立つショコラの暖かい煙につれて今も尚ありありと思い出されるものを。医師の警告は今や飲食に関する凡《すべ》ての快楽と追想とを奪い去った。口に甘きものは和洋の別なくわたしの身には全く無用のものとなった。

たしかリュキザンブルの画廊だと覚えている。クロードモネーが名画の中に食事の佳人《かじん》は既に去って花壇に近き木蔭の食卓には空《むな》しき盞《さかずき》と菓子果物を盛った鉢との置きすてられたさまを描いたものがあった。突然わたしがこの油絵を思い起したのは木の葉を縫う夏の日光の真白き卓布の面《おもて》に落ちかかる色彩の妙味のためではない。この製作に現われた如き幸福平和にしてしかも詩趣に富んだ生活に対する羨望と実感とのためである。

父の世に在った頃大久保の家には大きな紫檀《したん》の卓子《たくし》の上に折々支那の饅頭や果物が青磁の鉢や籐編《とうあみ》の籃《かご》に盛られてあった。わたしはこれをば室内の光景扁額書幅《へんがくしょふく》の題詩などと見くらべてしばしば文人画《ぶんじんが》の様式と精神とを賞美した。

浮世絵を好む人は蕙斎《けいさい》や北斎《ほくさい》らの描ける摺物《すりもの》に江戸特殊の菓子野菜果実等の好図画あるを知っているであろう。桜花散り来る竹縁《ちくえん》に草餅を載せた盆の置かれたる、水草蛍籠《ほたるかご》なぞに心天《ところてん》をあしらいたる、或《あるい》は銀杏の葉散る掛茶屋《かけぢゃや》の床几《しょうぎ》に団子を描きたる。これらの図に対する鑑賞の興はけだし狂歌俳諧の素養如何《いかん》に基く事、今更論ずるまでもない。

才牛《さいぎゅう》が老の楽《たのしみ》に「くず砂糖水草清し江戸だより」というような句があったと記憶している。作者の名を忘れたが、これも江戸座の句に「隅田川はるばる来ぬれ瓜《うり》の皮」というのがあった。

詩文の興あれば食《く》らうものの口舌の外《ほか》更に別種の味を生ず。袁随園《えんずいえん》の全集には料理の法を論じた食単《しょくたん》なるものがある。明治初年西田春耕《にしだしゅんこう》という文人画家は嗜《し》口小史《こうしょうし》を著して当時知名の士の嗜み食うものを説明した。いずれも当時文化の爛熟を思わしむるに足る。

われら今の世に趣味を説くは木によじて魚を求むるにひとしい。わが医師わが身に禁ずるに甘きものを以《もっ》てしたるは或はこの上もなき幸いであるやも知れぬ。もはや都下の酒楼《しゅろう》に上って盃盤《はいばん》の俗悪を歎くの虞《おそれ》なく、銀座を散策して珈琲の匂いなきを憤る必要もない。

荷風らしい嘆き節ではじまる。

もはや「わたし」は古家か老いた樹にひとしい。世のしょっぱい辛さもあじわい尽くした。それなのに今さらにホームドクターより大好きな甘いものを禁じられた、と口をひらく。このとき四十二歳。麻布の偏奇館に住みついてほどない。じっさい『断腸亭日乗』のこの年六月九日には、かかりつけの中洲病院にて「尿中糖分多し」という診断を受け、悲観している。

ああ、角砂糖を三ついれた大好きな珈琲。それももう夢か、というところから俄かに勢いづいて荷風は偏愛する珈琲とショコラについてのびのびと語り、過去の幸せなあまい時間を自在に行き来する。

ちょうど十年前、明治四十四年に『紅茶の後』と題する随筆集をもつ著者にしては、紅茶を愛さない荷風なのである。あらためて、あれはなぜ『珈琲の後』と題されなかったのか不思議に思うが、あの当時は荷風もまだ若かった。「紙よりも薄い」チャイナ・ボーンの白磁のカップにゆらゆら薫る、レモン入り紅茶の淡いうすべに色の方がよく似あう貴公子だったのだ。

珈琲。日乗にもしょっちゅう出てくる、荷風の毎日に無くてはならない嗜好品である。ぜったいこの字で書かれる。コーヒーとは断じて書かない。

好みはトルコ珈琲。黒い悪魔のようにつよくスパイシーで、酩酊と陶酔をよしとするオリエンタル文化に通ずる。それに——そうだ、ショコラも味わえない。こちらはフランスでならい覚えた。リヨンでもパリでも、朝めざめたベッドの中ですするショコラのあたたかい甘さが、いかにもあこがれの西欧という感じだった。ふわっとした香りの空気にひびいて来たミルク売りの笛の音もローン河のさざ波も、今はすべて夢か――。

荷風の言うショコラとは、つまりは飲用のチョコレートを指す。カカオに砂糖を混ぜ、水か牛乳に溶かす。十八世紀から栄養ある飲みものとして流行し、フランス人がとりわけ好む。文化史家の春山行夫によれば、パリのCHOCOLATの宣伝ポスターには芸術的なすぐれた絵がめだつという。アールヌーボー風のやわらかい曲線をつかって、女性や少女がお茶やショコラをたしなむ風景を描く。

ちょうど荷風がパリにいたのは、消費文化の隆盛にともない商業美術がおおきく進化した時代で、街の生活のそこここを飾る「卑俗」で可愛いおしゃれな大衆複製芸術、すなわちポスターや看板をうっとりと目にとめていた様子もうかがわれる。

中流階層の暮らしの小さな幸福を描くことは、二十世紀の入口の絵画に画期的に求められた新鮮なテーマでもある。王侯貴族にささげられる豪奢な絵の代わりに台頭した。

かつてルクサンブール美術館かいわいの画廊を訪ねた荷風が、おだやかなティータイムを描く絵として心に刻むモネの絵とは、おそらく一八七二年に発表されたクロード・モネの〈午餐〉である。初夏の庭を描く。木陰のテーブルが主人公。今しもご婦人方のおしゃべりは終わり、卓上にはティーカップ、銀のポット、パンや美しく盛られた果実が残る。地べたにすわって無心に積み木で遊びつづける男の子の頭のずっと上には、木の枝にかけて誰かが忘れた優美な白い帽子のリボンがひらひら風にゆれている……。

鮮やかに私たちにも見える。これが荷風のこころの中心を占める一つの理想、「幸福平和」な人生の風景なのだ。

庭の花や木々となかよく暮らす。毎日、庭の木の下にテーブルを出し、おやつを楽しむ。お菓子や珈琲、ショコラ、煙草は日々の幸福をいろどる。しかし戦いが始まれば、それら嗜好品はまず真っ先に切られる。すぐに姿を消す。逆にいえば平和の象徴である。

さいごは和漢文をなごやかに折衷するお菓子おやつの小さな文化史で綴じられる。中国を愛した実家には中華菓子がしばしば置かれていた。唐まんじゅうが、卓上のふくよかな中国磁器に盛られているのはみごとだった。

日常のミクロをたいせつにする江戸の浮世絵と俳句においては、季節を伝える和のおやつは重要な主題である。草もちやところてん、お団子はよく描かれ、よく詠まれる。大グルメ国の中国には早くに美食を論ずる古典があるし、今よりずっと開明的な明治初期には美味と口福について綴るエッセイもちゃんとあった。いずれも文化の高さをものがたる。

おやつを楽しむゆとりこそは平和の象徴。毎日のティータイムは幸福のあかし。あまいものの制限の不機嫌をふり払い、荷風は大正も末の世に、ユニークで地に足のついたおやつ愛、すなわち小さな平和宣言をかかげる。

恋人

明治四十二年、一九〇九年に刊行された『ふらんす物語』におさめられた小品。散文詩とも小説ともつかぬ筆致である。単行本の刊行に先立ち、「紅燈集」の題名でまず雑誌「趣味」に一九〇八年十二月に発表された四つの小品のうちの一つである。冒頭より抄出する。

凡《およ》そ、悲しきも、嬉しきも、目に触《ふ》るゝ巴里《パリ》の巷《ちまた》の、活《い》ける浮世の芝居のさま、一ツとして我が心を打たざるはなき中に、殊更われの忘るゝ事能《あた》はざるは、料理屋カツフヱー、アメリカンの夜半に、シヤンパン飲みて舞ひゐたる、一双の若き舞踏者を見し事なり。

白き壁と柱の飾りを金色に塗り立て、天井よりは見事なる燭花《カンデラブル》を下げ、窓々には天鵞絨《びろうど》の帷幕《とばり》重々しく、さほどには広からぬ一室なり。四方には真白き布したるテーブルを据え、芝居帰りの夜装せる男女酒を飲めり、室の片隅には、三人の髪黒き西班牙《スペイン》の舞姫と一人の黒奴控へて、客の請ふがまゝに、赤き揃ひの衣着たる楽人の奏楽につれ、西班牙の足踏み鳴らす乱舞をなす。

この目覚ましき踊りの一くさりは終りぬ。人々は喝采《かつさい》せり。ビオロン弾《ひ》きは曲の調子を変じて、ワルスを奏し出しぬ。波の動くが如き、緩《ゆるや》かなるその曲調は、自《おのずか》ら客をして卓を離れしめ、出でゝ舞ふべく促すが如し。

独り、杯に対したる髪白き老紳士あり。衆に先《さきん》じて、若きが中にも又若き西班牙の舞姫が手をとりぬ。幾組の男女つゞいて舞ひ出す。男は皆、面立《おもだち》厳《いか》めしく年《とし》ふけたり。昼の中は責ある職を負へる人々にや。女もかゝる歓楽と栄華を身の職業《なりわい》に、幾年《いくとせ》を一夜の夢のごとく送りなす輩《ともがら》の如く見ゆ。われは突然、わがテーブルの傍を舞過る若き一組あるに驚かされぬ。

若かりし。いとも若かりしよ。男は十九を越えざらん。女は十六か十七か。何れも丈《たけ》高からずして痩せたれば、肥えて年とりたる人々の中に交りては、さながら人形の舞へるに異ならず。されど、その舞ふさま、足の踏むさまは、秀でゝ美しかりき、巧みなりき。

未だ嘗《かつ》て、われはかくも似合ひたる舞踏者の一対を見たる事なし。相抱《あいいだ》く二人の身は、同じき一ツの魂によりて動かさるゝが如く見えぬ。男のそれに触れんばかりに近《ちか》づけたる女の唇は、舞ふ度《たび》に迫まる呼吸の急《せわ》しさに、開きて正《まさ》に落ちんとする花弁《はなびら》の如くに分たれたり。その眼は幸福の影より外、何物をも見ざるが如く閉されたれど、折々は口の端に湧出《わきいづ》る微笑と共に打開きて、見下《みおろ》す男の眼と相合ふ。あまりに近けたれば、二人は潤《うるお》ひ輝ける瞳子《ひとみ》のみにして却て、美しきその面を見る事能《あた》はざりしなるべし。

ワルスの調はやゝ急しくなりぬ。横笛の音、ピアノの轟《とどろ》きの中に、晴れやかなる喜びのメロデーを歌へども、その高きより低きに、低きより高きに移る折々、ビオロンの長き震調《トレモロ》は、云ふべからざる悲愁をわが胸に伝へぬ。そも、ワルスは喜ばしき舞の曲ならざるか。

争ひと教へとは、あまりに人を急《いそが》わしく、賢《さかし》からしめし今の世に、われはかゝる美少年、かゝる少女の相抱いて舞ふさまを見る事の、嬉しきに過ぎて、その定めなき運命を思ふに至らしめたればなり。

　男はそのやさしくして、女にまがふべき容貌《みめかたち》、富める市民か、古《いにしえ》の位ある家の若殿ならん。冬の夜をも恋人の窓の下に立ち明かし得べき力ありて、又暖き夜の私語《ささめごと》には、女の胸の中に故《ゆえ》なくして泣く事を得べき人なり。女はわれ知らず、年十六にして、カルチエー、ラタンに初めての情を売りし「椿姫」の二世なるべきか。恋の蔓《つる》にすがりても、高きに上りて人を毒する類にあらず、世の習慣《ならわし》と教義《おしえ》の雨風に斃《たお》れん幽愁の花のみ。あゝ、遊宴限りなき巴里の世は、鉄道と云ひ、工業と称し、貿易と呼ぶ二十世紀に及びても、猶《な》ほかゝるロマンスの民を生む事のいぢらしさよ。

　あゝ、美しの少年。あゝ美しの少女。長き秋の夜は早や明けんとす。肌寒き風は、帷幕《とばり》を冒《おか》せり。ビオロン弾《ひ》きは疲れたり。西班牙の舞姫は椅子に倒れぬ。杯は已《すで》に空し。君等は猶《な》ほ舞はんとし給ふや。

うまい、凄い、鮮明である。
パリと記さずに「巴里」。スペインではなく「西班牙」。いかにも明治らしい表記からして胸がときめく。何かがあまく疼いて夢がはじまる。

　今からおよそ百十年前の、西洋になど行ったこともない読者たちが、いかにわくわくして二十九歳の荷風の報告する巴里の華やかな夜のレストランの情景に目を見張ったか、冒頭からつよく響く。

巴里は深夜が華の時間。「料理屋」といっても食べ物が主役ではない。オペラなどの帰りのセレブたちが軽く飲んで、ワルツや音楽や、ひいては小さな色っぽい冒険をたのしむ娯楽の場である。この「カツフヱー、アメリカン」はそのたぐいの中でも高級なところらしい。

金に白の内装、プロの楽隊と踊り子の見せる舞踏のショーはフラメンコか。老いた気むずかしそうな紳士の客が多い。音楽が変わると、彼らは踊り子を誘ってワルツを舞う。この大都会の権力者たちは、昼の謹厳な顔とはちがう夜の好色な顔をもつ。そういう遊楽の場所が、パリには豊かにある。

荷風の分身の「われ」はひたすら見る人。テーブルに座ったままでいる。はっと息をのむ。年とって太った金満家ばかりのワルツの輪の中に、お人形のようにお似合いの二人がくるくる回る。他の商売がらみのカップルとは異なり、たがいにたがいを見つめて恋する香りがほとばしる。「若かりし。いとも若かりしよ」というつぶやきに、彼らの青春への讃嘆があふれる。荷風の筆のなぞる、ワルツの激しい動きにあえぐ少女の唇の、なんと初々しくなまめかしいことか。読む者は誰でも口づけしたくなる。

まるで二人は、小デュマあらわすところの『椿姫』のアルマンとマルグリットのよう。男はまだ少年といってもよい貴公子。女は十六歳ほどか。たぶん高級娼婦だろうけれど、椿姫とおなじく少女の純粋をこころに保ち、ただ恋のために死ぬのを幸福とする「幽愁の花」の風情をただよわす。

ああ、金と権力のために争うことしか頭にない二十世紀社会の人々のなかに、いまだロマンに生きる若者もいたのだと、「われ」は感動する。秋の夜のしらじらと明け、二人が馬車をひろって乗りこんで消える姿まで、寒い暁の風の中に立ってじっと見ている。

ロマンティックな恋人たちもすてきだが、彼らの麗しさに愕然と打たれ、立ち尽くす荷風もすてきである。

荷風にはこういうところがある。若者の恋の絶対的な味方である。彼らの青春の花に心根をふるわす。青春の恋こそ人生でもっとも価値ある果実だと思いさだめている。

荷風が鈴木春信の浮世絵を熱愛するのも、そこに春のうすべに桜のようにはかなく、ゆえに絶対の宝石として永遠にきらめく美少女と美少年の、筒井筒のおさなく烈しい恋が描かれるからだ。

そうした損得ない純な恋の輝きに見とれる荷風は、これからも彼の小説や日記の随所に出てくる。そういう荷風の感激そのものが、たぐいなく純で麗しいと思う。

燈火の巷

明治三十六年、一九〇三年七月発行の「文芸倶楽部」に発表された中篇小説である。荷風は父の命でアメリカに留学する直前の二十三歳だった。森鷗外に認められ、いよいよ作家志望をかためていた。三か所の抄出をかかげる。

『鶴元君。それじゃ失礼！』

『君。いろいろ御馳走になった、妻君に宜しく……。』と洋服の若紳士は動き出した汽車の窓から力無げに首を引込めた。

狭く限られた一等客車の事なので、他に乗手《のりて》のないこの車は全く彼一人のために仕立てられた様なものだ。彼はむしろ淋し気に、身の周囲を見廻し、やがて眩しそうな目付で、窓の外に動いて行く燦爛《きらびや》かな夕陽の景色を眺めた――一面に赤い日光に照された別荘や農家の屋根、松、畠、岬、それらを越しては、海の上に広がる青空がまるで鏡の様に透通っている、しかし、黒い影を作る竹藪や雑木林が、突如《いきなり》窓に近く立現れると、もう輝く鎌倉は見えなくなって、杉の木立の古風な神社や、松に隠れた静なお寺。洞穴《ほらあな》の沢山ある気味悪い崖。小供や鶏が喧《さわ》いでいる線路際の百姓家。穀物を積んだ荷馬車が待っている踏切なぞが、交《かわ》る交る行き過ぎて、列車は俄然として墜道《とんねる》に這入った。

墜道を出ると、そこここに高からぬ丘陵のある広い田甫《たんぼ》の眺めは、一際明るく一際快活に思われたが、彼の眼は何時の間にか、朧《おぼろ》な夢を追う様に茫然《ぼんやり》となって、ただ徒《いたず》らに窓の外に注がれているばかり。先程から、休みなく種々《さまざま》な変化を示した景色には、全く無頓着であったらしい。しかり、疑いもなく、彼はその親友なる美術家が、若い妻と共に営んでいる鎌倉海辺の楽しい家庭の態《さま》を思起していたのであろう。昔は彼と共に同じ制帽を戴いた学生時代の事、飜《ひるがえ》っては、江東銀行のおもなる役員である現在の身分やら、何時も胸に満つる種々な物思いを一時は繰返していたのであろう。突然、『新橋、東海道行は乗換え！』と続け様に呼び初めた駅夫の声を聞くと、彼はさも驚いたという様に、腰掛から飛び立った。列車は大船の停車場に着いたのだ。

横須賀から乗込んだ水兵なぞも交っていて、喧《さわが》しい三等車の扉から溢《あふ》れ出る旅客は、我先にと橋を渡って、向う側のプラットホームへ下りて行くのである。彼も後《おく》れながら、静に橋を渡って、これらの人々と共に、国府津《こうづ》から来る上り列車を待つべく、混雑したプラットホームに佇《たた》ずんで、なお茫然《ぼんやり》した眼容《まなざし》の、何を見るともなく眼を据えていたが、十分とは経たぬ中《うち》に、早くも聞える汽笛の声——轟々《ごうごう》たる地響、そして列車は颶風《はやて》の如く停車場に進み入った。

又もや先を争う人々の混雑を避けた後、彼は片手の指先に香気《かおり》の高い葉巻《シガー》を挟んだまま、とある一等車の扉を開けて這入ったが、忽《たちま》ち意外な声音で、

『や。あなたですか。』と云った。

窓の戸の閉されていたために、外からは見えなかったけれど、車の中には両個《ふたり》の女が乗っていたのである。一人は立派な貴婦人、一人はその小間使であるらしい。此方《こなた》もやはり意外に驚かされたらしく、

『まァ。誰かと思ったら……。』と半分で語《ことば》を切らした。

夜会結《むすび》にした年頃はもう二十五六でもあろう。長面《おもなが》の痩せた顔立ではあるが、やや青味を帯びた色沢《いろつや》は透通る様に白い。撫肩の細い身体を少し前の方に屈めていると共に、睫毛の長い、眼縁《まぶち》の広い眼をば、物云う折にもやや伏目にさせて居るので、年頃には似ず、まだ何となく、深窓に物思うという若い令嬢の面影と様子とが偲ばれる様に見えるのであった。


夏も終わりの九月。「鎌倉停車場」で汽車を待つ二人の親友をクローズアップし、小説は鮮やかにはじまる。一人は背広にステッキをもつ紳士。一人はふだん着の和服の若者。二十六、七歳か。よく計算された明治の和洋折衷の風景である。

一部のすきもない洋装の紳士は「ミリオネヤー」の御曹司で、アメリカ修業から帰ったばかりで、父の命で銀行の重職をつとめる。息がつまりそうな日々を親友の画家にうったえる。

君は自分で自分を不幸にしていると画家はたしなめるが、もはや汽車は動き出す。さようなら、との別れもどうも元気がない。この主人公の御曹司、鶴元龍太郎はあきらかに荷風の分身である。大船で新橋ゆきの汽車に乗り換え、そこで美しい継母に出会うところから、さあロマンスは出発する。

明治五年に汽車が開通してより、この動く舞台は芸術文学で大いにモテた。田山花袋も尾崎紅葉も泉鏡花も先をあらそい、汽車にロマンスを乗せる。駆け出しの荷風とて負けてはいない。富豪であることに嫌気がさしているはずの主人公の龍太郎、シガーをくわえて一等車に乗るとは矛盾する、三等車に乗るべしと突っ込みたくもなるけれど、粋とおしゃれが好きでたまらない荷風の本質が如実にあふれるスタートである。

美しい夜は街を蔽《おお》うた。新橋停車場から、その辺の建物の硝子窓はいうに及ばず、街の片隅に立っているピンヘット煙草の広告にも、ちょうど仕掛花火の様な、新しい電気燈の光が燦《きら》めき出した。欄干に瓦斯《がす》の点いている新橋の方を望めば、一際明るい銀座の街が、種々な燈火《ともしび》の光で、これは一帯に青白く浮出した様にも見えると、その間から、数知れぬ鉄道馬車の灯《ひ》、腕車《くるま》の提灯が休みなく彼方此方《あちらこちら》へと動き行くのである。

今龍太郎と杵子《きねこ》は小間使のお蝶を連れたまま、停車場前の綺麗な洋食屋の椅子に坐っていた。この椅子と食卓《テーブル》は、西洋の鉢物が沢山に並べてある二階の張椽《はりえん》に添うて据えられてあったので、又街の夜、車の灯は直ぐ一目に見下す事が出来ると同時に、広い夜の空を流れる涼しい風も、自由自在に這入って来る。で、その度々に、軽く揺れる鉢物の草花は、何ともいえぬ心地好い香気《かおり》の中に、両個《ふたり》の身体を包んでしまう。

龍太郎は親切に聞いてくれる人さえあるならば、必ず我を忘れた熱心な語調《ちょうし》で、自分の身の上を長々と語るであろう。彼は車中の談話の進むに従って、知らず知らず杵子に向って、自分の心の中の幾分かを打明けて見ると、もう無理にもその全体を云い尽してしまいたい様な心持がした。で、停車場《ステーション》の階段を下りる時に、外はちょうど夜になっていた処から、何方《どちら》かというと辞退しかける様子の杵子をば、晩餐をととのえるためにと、この洋食屋の明るい二階へ案内したのである。

『あなた。葡萄酒がいけなければ、シャンパンは如何《いかが》です。ラムネも同じ事ですから……。』と龍太郎は二杯目の麦酒を取り上げながら、眩《まぶし》い程な電燈の光に、若い杵子の顔を見た。

『いいえ。お酒はもう何に限らず、戴いた事がないんですから……。』と杵子は街の方へ眼を移している。

『そうですか。しかし私ばかり飲《や》っていては、何だか変ですね。』と云ったが、龍太郎はそのまま、飲干したコップを下に置いて、『あなた。私は全く今迄はあなたを誤解していたんです。こんなに優しい方だと知っていたら、私はもっと早くお話しをするんでした。』

『私は龍さんのおためにならない様な事は、決して阿父様《おとうさん》に申上げる様な事はしませんから、遠慮なくお話しして下さい。私の方だって……誰だって胸の中には種々な苦労があるもんですから……。』と杵子はそっと上目遣いに龍太郎の顔を伺ったのである。

『考えると、人間は実に意気地のないものです。今迄云い得なかった胸の苦労を打明けた時、その人から、優しい同情の語《ことば》を掛けられた程、嬉しい事はないですからな。実にその嬉しさというものは忘れられません。一生何だかその人が頼《たの》もしい様な気がするもんです。』

彼は三杯目のビールを又半分ほど飲干して、語り出した。——彼は、当時の新聞や商業雑誌の紙上に屢《しばしば》その伝記を掲載される鶴元伝十郎という富豪の一人子であった。生みの母親に死に別れたのは、もう十五年ほどの昔で、ちょうど彼が尋常中学の学科を修《おさ》めつつある頃であった。成功せる事業家だけに、その父はすこぶる龍太郎の将来を心配した、というのは、富豪の家庭に生れた子弟の多くは、無用の人物になり易い世間に実例を、深く鑑《かんが》みたためで、母の死んだ後、父は彼を苦学生の寄り集っている塾舎に投じて、専心勉学せしめた処から、龍太郎もどうかして将来は父の名を辱《はずか》しめぬ様な、立派な人物になりたいと決心したのである。しかし、この決心は余りに厳しく龍太郎の身を苦しめた。

彼は父親の気質よりも、かえって多く母親の——女性の気質を受けていたので、自分は立派に立身しようという苦心よりは、もし失敗したら何の面目があるだろうか、という事ばかりを苦に病んだ、殊《こと》に周囲の学友から彼は如何《いか》なる深い学問でも自由に研究する事の出来る身分であると、一般に羨望の眼《まなこ》を向けられる時には、何という訳もなく殆《ほとん》ど堪えられぬ苦痛を感ずるのである。彼は心ひそかにこう思った。自分は何故、も少し大胆に、も少し懶惰《らんだ》に、そしても少し失敗を冷笑する様な無頼《ぶらい》になれないであろう。自分はつくづくも少し責任少い身体に生れたかった——。しかし幾年の後、彼は漸《ようや》くに中学校を卒業して、一年程を経た時、父の命令で、米国へ留学し、五年の後には、父を始め、多くの親戚や旧学友から、未来の大商業家と目され、新帰朝者たる非常な歓迎を受けたのである。

『私はもう何のかのと、くどい事は言わん心算《つもり》です。薄暗い銀行の穴倉で、毎日金貨の番人をしている位の事は、どうかこうか、辛棒する事も出来るでしょうが、しかし、私がこの後何処までも父のいう通になって行くとすると、私の身には、もう一つ難義な事が起らなければならない。お解りでしょう。それは結婚という大厄です。』

　杵子は持っていた肉叉《ホーク》を置いて、穴の明く程男の顔を眺めた。

『まだ、別にこれといって、話の有った訳ではないですが……。』と龍太郎は少し椅子を引出して、『しかし、父の心に適する様な女《もの》なら、必ず私の気に適《い》らん事は、殆ど明瞭に予想する事が出来るですからな。』

『龍さんは、まだ何とも分らない事まで、皆ないけない方にばっかり考えてしまうんですね。』と杵子は食し了《おわ》った一皿を片寄せて、手巾《ハンカチ》で口元を蔽うたが、何時か力のない語調《ちょうし》になって、『しかしねえ、龍さん。余《あん》ま》り失望した事ばかりに出合うと、つい何から何まで、いい方には考えられなくなりますからね。』

『そうです。厭世的になり易いですなァ。』と龍太郎は身を反《そら》す様に、後へ背を寄せ掛けて、葉巻《シガー》を取出したが、

『あなた、如何《いかが》です。もう召上らんのですか。』

『ええ。もう沢山です。私はね、あなた。今日見た様に沢山いただいた事は、全く三年以来《このかた》有りませんでしたよ。』

『汽車で、随分お腹が空いていましたから……。』と更に小間使の方を見て、『お前は如何《どう》だね。私のお付合にもう一皿取って上げようか。』

『有難うございます。私ももう戴けませんですから。』と何時も円い顔に笑靨《えくぼ》を寄せている小

間使のお蝶は、殊更《ことさら》可愛らしい笑顔を作った。龍太郎は覚えず、

『ははははは。お前は実に罪の無い顔をしている。何かお菓子がいいだろう、それとも林檎《りんご》の方がいいかね。』

お蝶は豊艶《ふくやか》な頬を薄赤くして、杵子の顔を伺うと、杵子は龍太郎と顔を見合せて、

『全くです事ねえ。私ももう一度、つくづくお蝶みた様になってみたいと思うんですよ。』と云いながらそっと吐息を漏した。

欄干の下の往来には、なお休みなき俥の灯の回転し行くが中に、今は次第に高まる種々な人声、下駄の音などが起って、いとど賑かな夜の有様を作ったが、折から俄然として湧出《わきいだ》す楽隊の奏楽に、お蝶を初め一同も、驚かされた様にその方を眺めたのである。

『奥様、御覧遊ばせ。何でございましょう。綺麗な灯《あかり》じゃございませんか。』とお蝶はもう夢中で、早くも椅子から身を起していた。

『何かの広告らしいね。』と杵子は少しく首を延して街の方を見下した。

『芝居の広告です。』と龍太郎は椅子を離れて、欄干の傍へ進んで行ったが、如何にも心地好げに、『ああ、実に好い風だ！　お蝶、早く来てごらん。広告屋が大勢、面白い風をして並んでいるよ。』

『奥様、奥様もいらっしゃいましよ。』とお蝶は云いながら、杵子よりは先に、欄干《てすり》の傍へ馳け寄った。

見下すと、一組の楽隊を先に立てて、赤い布で張った大きな行燈《あんどう》に、米国女優カロリン嬢一

座出勤蝶々踊。と書いたのを、赤い筒袖の衣服を着た男が五六人で担いでいると、一人身長《せい》の高い男が、可笑気《おかしげ》な燕尾服《えんびふく》に高帽という風俗で、その周囲《まわり》に寄集る群集《ぐんじゅ》に向って、大声に口上を云い述《のべ》る。チョンと木を入れるのを合図に、又もや囃し立てる楽隊に連れて、行燈は徐々《そろそろ》と新橋の方へ進んで行った。

見物の散り去った後の往来は、又以前《もと》の様に俥の灯が絶え間もなく動いていたが、今はそればかりではない涼しい夜歩きにと、人の出盛る頃なのを、殊に何処か近処《きんじょ》には縁日でもあるらしい。虫籠や植木鉢などを持った若い男や女の群が、高声に笑い興じながら、街の片側に立っている青い瓦斯燈《がすとう》の光の中を、幾組となく行き過ぎる。

小間使のお蝶は、いくら伸び上ってももう見られぬというまで、かの広告の行燈を見送っていたが、やっとの事で断念したように後を振向くと、龍太郎は張椽の上に据えた籐の椅子に坐っていて、杵子は凭《もた》れるように、元の欄干へ身を倚せたまま、やはり往来の方を眺めていたのである。

『実に好い心持じゃ有りませんか。少しビールを飲《や》ったせいか、この涼しい風の具合は何とも云ないですな。』

『それに、又何という好い匂のする花なんでしょう。まるで香水を振撒いたようですね。』と杵子はすぐ後に並べてある草花の鉢物へ振返ったが、又直きに往来の方へ向直って、『龍さん。何時でもこんなに賑かなんですか。種々な人が面白そうに通って行きます事……!』

『銀座の通りには毎晩夜店が出ますから、この近辺のものは、皆な遊びながら出掛けるのです。』

『そうですかねえ。こんな涼しい晩に、ああして笑ったり話したりしながら歩いていたら、さぞ面白い事でしょうねえ。』

『あなた。もう晩くなった序《ついで》ですから、少しその辺を御案内しましょうか。』と龍太郎は再び椅子から身を起した。

絶間なく自分の身を包む強い花の薫りと、さわやかな心地好い夜風と、軽いビールの酔とで、龍太郎は何かしら、浮いたような心持になっていた。で、賑かな人通、瓦斯や俥の火影を目の下にして、最前から茫然《ぼんやり》と斜《ななめ》に杵子の姿を眺めていると、殆ど自分では気付かぬ中に、何の事はない、ただ美しい女としか思われなくなった。法律が定めた戸籍では、父の後妻《のちぞい》——自分には継母であるという厳格な差別は、何時か自然と取去られてしまって、この年まで、世間というものを知らぬ無邪気な処女であるが如く、気の毒だと思う念も萌して来る。

杵子は龍太郎の誘いを聞くと、つと後を振向き、何か云おうとして、はでな微笑を浮べたが、その時、お蝶は飛び立つ様な声で、

『奥様。私も歩いて見たいんでございますよ。滅多に夜なんぞ、銀座なにかへ来る事はないんでございますから、ねえ、奥様。真実《ほんと》に歩いて見とうございますわ。』

『ほほほほ。何だねえ、真実《ほんとう》に……。』と杵子は甘えるようなお蝶の顔を見返しながら、軽く笑ったが、自分ももうどうやら、我慢がしきれぬようになったらしい。

実《げ》によ。今宵は何たる心地よい夜であったろうか。前面に横たわるステーションの窓々に映

る燈光《ともしび》、電気仕掛の煙草の広告などそれらの光は、夜の空気の次第に露滋《しげ》く、湿って来るに従って、以前よりかも一斉に鮮明《あざやか》な輝きを増した如く思われる。目の下には、止まざる幾多の人声、動き行く幾多の火影。そして、一度《ひとたび》空を振り仰げば、月無き夜の天の河は、白い絹の帯を曳《ひ》いたよりも鮮明に、眼のとどく限りの彼方へと落ち掛っている。街の瓦斯燈は更に瞬きさえしないのに、何処から流れて来るとも知れぬ風。そよそよと絶え間なく、張椽の花の香を動かしている、杵子は龍太郎と同じく、温いスープ、温い肉の幾皿に、充分な食慾を満した後の事とて、何となく頬のほてりと、軽い咽喉の喝きを感ずる処へ、この夜風を浴びる心持。殊にその冷たい花の香気《かおり》は、思わず魂までをうっとりさせるように覚えるのであった。

「美しい夜は街を蔽うた」との一言がなんとも魅惑的である。若い荷風は書きたかったのだ。ようやく日本列島にもできた都会を、電気やガスの炎ゆれる夢とまぼろしに充ちた都会のわくわくする夜を。

汽車のとまる新橋ステーションにほど近いレストランで、義理の仲の龍太郎と杵子は面映ゆく向きあう。こんなことは初めて、家ではありえない。

継母と継子とはいえ、二人はおなじ若さで、思いのほか話がはずむ。父に人生のすべてを支配される龍太郎の鬱屈した気もちを杵子はよく酌み、ゆっくり耳をかたむけて一つ一つうなずく。こんなに優しい人柄とは知らなかった、と杵子をみる龍太郎の目が変わる。都会の夜のきらめく魔法にかかったよう。

むじゃきな小間使いの少女が、二人のあいだを行き来する蝶のように銀座の街の夜にわくわくしてみせるので、龍太郎と杵子もいつしか無垢な少年と少女になる。とくに富豪の後妻として地味におとなしく暮らす杵子の内部から、はつらつと小さな冒険をたのしむ少女が生まれ出て、龍太郎は愛しさにとまどう。

ああ！　杵子は今龍太郎と並んで、瓦斯《がす》の輝く新橋を渡り掛けていたのである。見渡す銀座通りの賑かな有様！　杵子は自分の一生涯にこんな美しい賑かな夜の巷《ちまた》を散歩するような機会があるとは、実際夢にも思い設けていなかったのだ。胸は訳もなく波立ち、両の頬は妙に熱するような心地がする。そして、摺違《すれちが》いに通り過ぎる人々から、近く顔を見られる時は、いわれぬ気恥しさを覚えた。

『あれは勧工場です。這入って見ましょうか。』と龍太郎は橋を渡って、左手の大きい建物を指《ゆび》さした。

杵子はこの広い勧工場の中を歩いて出ると、はや賑《にぎわ》う人込にも馴れてしまって、今度は余程気を沈着《おちつ》けて、四辺《あたり》を眺める事が出来る様《よう》になったのである。

煌々《こうこう》たる電燈の光を輝かす大な商店と相対して、小《ちい》さなランプを点した露店が、練瓦敷の道に添うて、限りもなく並んでいる、杵子は人込みの中に、肩を摺れ合わすようにして、一々この露店の前へ佇んだが、お蝶はもう面白さに堪えぬ様子で、

『奥様々々！』と煩《うるさ》いほどに呼びつづける。

『龍さん、まァ何なのです？　大な声をして、演説でもしているんですか。』と杵子は人の大勢立っている後《うしろ》へ又立ち止った。龍太郎は鳥渡《ちよつと》見て、

『石鹼《シャボン》か歯磨の広告演説をしているんでしょう。商売となると、種々な事をして人の目を引こうとするものですな。』

そのまま両個《ふたり》は行過ぎたが、龍太郎はいよいよ杵子の世間見ずなのに、心から気の毒に思う念を増して来た。出来る事なら、何処か夜芝居の晴れやかな舞台でも見せて遣りたい、そうしたなら杵子はどんなに驚嘆の声を発するだろうか！　何かしらこのような事に思い耽りながら、歩いて行くと、人込の雑踏は次第に烈しくなって来る処から、龍太郎はもしもの事でもあってはと、近く肩を突合せるように、ひたと杵子と押並んで歩いた。

しかし、二人の間には、これといってもう交される談話《はなし》とてはない。銀座の一丁目二丁目と過ぎて、大時計の近くまで来ると、人通りはどういう事か、又大分少くなって、瓦斯燈の間々に立っている柳の梢から、涼しい風が、自由に商店の方へ吹き通っている、杵子はほっと息をしながら、

『龍さん……。』と呼び掛けたが、その途端に摺れ違った二三人連の男が、

『よいしょ！　お楽しみ。』と声を掛け、がやがやと笑って行過ぎた。

杵子は覚えず顔を真赤にした。ハッとして気が付いた時、ひとしお驚いたのは、自分と龍太郎とは、何時の間にか、知らず知らずその手を引合していた事だ。狼狽《うろた》えて、その手を放し、小間使お蝶の方へ今更らしく気を配りながら、

『ほんとに厭な人達ですねえ。あんな事を云ってどうするつもりなんでしょう。思い違いにも程が有るじゃありませんか。』

憤《いきどお》るような、弁解するような、そして又恥《はじ》らう様な調子で云ったが、それとは反して、龍太郎は至極沈着《おちつ》いていた。

『ははははは。』と軽く笑って、『私達を新婚者だと思ったのですな、はははは。』

杵子は何とも答えられずに、なおさら顔を赤くして俯向いた。胸は又しても無暗《むやみ》に轟き出す……自分はどういう機会《はずみ》から、龍太郎と手を引合ったものだろうか。そして又、龍太郎はどういう心でじっと今迄そのままにしていたものであろう。とにかくに、杵子は生れてこの方、今という今まで、若い男の手を握った事……否《いや》ちょっと触った事さえなかった事を思出すと、たちまち何ともいえぬ気恥しい思いが、再び泉の如く湧起って来る。それと共に、今まで暫くの間、握《と》り合っていた若い男の手の暖みは、未だに自分の手掌《てのひら》から消え去らず、どうやら、脈々《みゃくみゃく》と伝ってもう全身の血を温め了《おわ》っている様な心地さえする。

『もう、あすこが京橋です。』

龍太郎は突然こう云って、杵子を顧みた。

『もう夜店もありませんし、俥をそう云いましょうかしら。え、あなた。』

『そうですね。どうぞ……。』と杵子は眠が覚めたという様に、大きく眼を開けてその辺を見廻した。

『大分、疲労《くたぶ》れましたね。それに時間ももうかなり晩《おそ》くなったようです。』と云ったが、龍太郎はそのまま何か空想でもするように、一直線なる街の彼方へじっと眼を移して黙ってしまった。

鉄道馬車の灯は青く赤く、橋袂《はしだもと》の広い往来の中央《まんなか》に、幾個《いくつ》とはなく、なお休まずに動いている。河岸《かし》から起る夜風が、遠く吹いて行く橋向うには、目のとどくかぎり瓦斯燈《がすとう》の光が規則正しく立ち連《つらな》っていて、暗い河岸の方からは、流行唄を唄うて来る男連《おとこづれ》の声が聞えるようだ。『あなた。』と龍太郎は何かしら深い声音で、つと又杵子の方を振向いて、『あなた。私は何だか、今夜はもういっそ、徹夜《よどおし》歩いて行きたいような心持がするです。この灯《あかり》の中を、あなたと一緒に何処までも何処までも歩いて行ったらどんな処《とこ》へ行ってしまうでしょうか。』

驚くべき愛すべき無知。都会に住みながら、そして貴族の家に生まれながら、杵子はほんとうに何も娯楽を知らない。

そう、人妻となった二十代後半のこの晩夏の夜に彼女は初めて知った。「燈火」かがやく銀座のレストランもデパートのウインドウをひやかすことも、男性と手をつなぐことも人をほのかに恋うことも。

後妻としての結婚は父が決めた。早くに亡くなった母は、恋愛が女の人生を破滅させると信じ、恋して落ちぶれた親戚の女性の悲運をおどろおどろしく語り、娘のこころに鍵をかけた。

以来、親と夫にしたがう人生しかないとあきらめて人形のように生きてきた。ああ、ところがこの夜を多くの人は笑って楽しんでいる。暗い穴のなかで暮らしていた自分だったと杵子は覚醒する。

女性のこころの目ざめは、若い小説家・荷風の大きなテーマである。この小説ではそれを都会の夜のきらめきの中に描いた。東京も早くパリのように劇場や舞踏場の光かがやく洗練された都会になってほしい、そして多くの人に楽しんで生きることを教えてほしいとの願いもこめた。

アメリカへゆく前に発表した「燈火の巷」であるけれど、帰国したあとで日本社会の古さと狭さと家の支配に改めて息がつまり失望する自身を、すでに予見しているところも荷風らしい。若くてもあくまで冷静沈着である。

そして冷静であるから、おなじく冷静な主人公の青年が珍しく夢みてささやく、「この灯の中を、あなたと一緒に何処までも」という言葉が、映画の暗い画面に光るクレジットのように心に残る。

散柳窓夕栄

大正二年、一九一三年一・三・四月の三回連載で「三田文学」に発表された中篇小説である。原題は「戯作者の死」。のち作品集におさめられる際に改題された。物語の流れに沿い、三か所を抄出する。

種彦《たねひこ》は書きかけた田舎源氏《いなかげんじ》続篇の草稿の上に、片肱をついたまま、ただ茫然として天井を仰ぐばかりである。物優しい跫音《あしおと》が梯子段《はしごだん》に聞えた。そして葭戸《よしど》越しにも軽く匂わせる仙女香《せんじょこう》の薫《かおり》と共に、髪は下《さが》り髱《づと》の糸巻くずし、銀胸《ぎんむね》の黄楊《つげ》の櫛をさし、団十郎縞の中に丁子車《ちょうじぐるま》を入れた中形の浴衣も涼しげに、黒と縞物の小柳の帯をしどけなく引掛にした女の姿。年の頃は二十《はたち》ばかりと思われた。

「お園か」。とやさしく、種彦は机の上に肱をついたまま此方《こなた》を顧《かえり》み、「おッつけもう子刻《ここのつ》だろうに、階下《した》ではまだ起きているのか。」

「はい。只今御新造様ももうお休みになるからと、表の戸閉りをなすっていらっしゃいます。」

女は漆塗《うるしぬり》の蓋《ふた》をした大きな湯呑と、象牙《ぞうげ》の箸を添えた菓子皿を、種彦の身近に進めて、前挿《まえざし》の簪《かんざし》の落掛《おちかか》るのをさし直しながら。

「お煙草盆《たばこぼん》のお火はよろしうござりますか。」

「結構々々。何やかやとよく気をつけてくれるから、家《うち》のものも大助りだ。お園、さ、お前さんも一ツ摘みなさい。廓《ちよう》にいて贅沢をしたものには、こんな菓子なぞは珍しくもあるまいが、この頃は諸事御倹約の世の中だ。衣類から食物まで、無益な手数をかけたものは、一切御禁止というお触《ふれ》だによって、この都鳥の落雁《らくがん》だとて、いつ食納《くいおさ》めになろうも知れぬ。今の中《うち》に遠慮なく食べておくがいい。」

「ありがとうござります。もう先程階下《した》で御《ご》新造様《しんぞうさま》から沢山頂戴いたしました。そう申せばこの頃は何とやら大層世間が騒々しいそうでござりますが、此方様《こちら》に私《わたくし》みたようなものがおりまして、万一《もしも》の事でもありましたらと、それが心配でなりません。」

「何さ、その事ならちっとも気を揉むには当らぬ。初手からいわば私が酔興《すいきよう》で、こうして隠《かくま》って上げているの故、余計な気兼をせずと安心していなさるがいい。」と種彦は取上げる銀のべの長煙管《ながぎせる》に烟《けむり》を吹きつつ、しみじみとお園の様子を打眺め、

「それにもう誰《たれ》が見たとて、その風俗《なりふり》なら大丈夫だわ。中形の浴衣に糸巻崩し、昼夜帯《ちゆうやおび》の引掛という様子なり、物言いなり、よしんば仲町《なかちよう》の妓《はおり》かしらと思うものはあっても、これがついぞこの間まで、廓にいなすった華魁《おいらん》だなぞとは、どうしてどうして気がつくものか。」

「ほんにそうだと、どんなに嬉しいか知れませぬ。私もどうかまア、一日も早く元の堅気になりたいものと、一生懸命に気をつけているのでありますが、どうかいたすと、つい口の先へそうざますの、ありんすのと、思わず里の訛が出そうになりまして、御新造様とお話をしていま

しても、それはそれはもう心配でなりません。」

「大きにそうであろう。まア何にしても、当分は世を忍ぶ身体。すっかり先方の話がまとまるまでは、大事の上にも大事を取るに越した事はない。もう暫《しばら》くの辛棒だによって、滅多に外なぞへは出なさらぬがいいぜ。」

「はい。」と辞儀をしながら、お園はなお何やら傍にいて、尽きせぬ身の上の話でもしたいような様子であったが、言葉を絶やすと共に、そのまま腕を組む種彦の様子に、女は所業《しょざい》なげにその後姿もしょんぼりと、再び静かな足音を梯子段の下に消してしまった。

江戸後期の戯作者、柳亭種彦の晩年に取材する。

幕臣の家に生まれながら、みずから望んで恋物語の筆をとった種彦は、荷風の敬愛する偉大なロマン作家である。代表作は、源氏物語を借りて室町時代に移す大作パロディ『偽紫田舎源氏』。空前絶後のヒットだった。しかし天保の贅沢禁止令に引っかかり、出版どころか、種彦はじめ版元や挿絵画家の無事さえ危ぶまれるこの頃である。

それでも書く。それが作家魂。この六月の夜も、種彦はひとり「修紫楼《にせ》」と名づけた我が家の書斎で筆をもつ。しかし、さすがに老いが身にしみる。うかうかと華やかに生きてきた。きれいな若者として何処へ行ってももてた。時代も春風のように柔らかい、のん気ないい時代だった。

今はもうはや六十一歳。お江戸は激動する。異国の黒船もしきりに迫る。人の顔が険しい。恋の哀れに身をやつす場合ではない、節約し国力を増強せよと幕府は宣言する。一生の力を傾けた「麗しい夢」の物語は時代に踏みつぶされる運命か。むなしい、全てむなしい。

茫然とする種彦のもとに、優しい足音を立ててお茶とお菓子をもってきたのは、涼やかな浴衣をまとう美しいお園である。

彼女はじつは遊廓の位たかい華魁で、紙問屋の若旦那と恋に落ち、どうにか落籍の金の都合がつくまで、縁あって種彦にかくまわれている。

お園に対する種彦の言葉づかいが丁寧で品がいい。決して遊女だと下に見ていない。「安心していなさるがいい」などと敬語をもちいる。自身は戯作者、とこころえている。位ある華魁に一目おく。それにさすが、光源氏流である。光源氏は身分ひくい夕顔や空蟬にも敬語をつかう。王者としてむしろ、いたいたしい華奢な女性をかばい守る。その表れが敬語である。種彦は文化の雅びをよく解っている。


さまざまな物売の声と共に、その辺の欞子《れんじ》窓からは早や稽古の唄三味《うたしゃみ》線《せん》が聞え、新道《しんみち》の露地口からは艶《なまめ》かしい女が朝湯に出て行く町屋つづきの横町は、物案顔《ものあんじがお》に俯向いて行く種彦をば、直様《すぐさま》広い並木の大通へと導いた。すると忽《たちま》ち河岸《かし》の方から颯《さつ》とばかり真正面《まとも》に吹きつけて来る川風の涼しさ。種彦はさすがに心の憂苦を忘れ果てるというではないが、思えばこの半月あまりは一歩も戸外《そと》へ出ず引籠《ひきこも》ってのみいた時に比べると、おのずと胸も開くような心持になり、少時《しばし》は何の気苦労もない人のように、目に見える空と町との有様をば、訳もなく物珍し気に眺めやるのであった。

両側ともに菜飯田楽《なめしでんがく》の行燈《あんどう》を出した二階立《だて》の料理屋と、往来を狭《せば》むるほどに立て連った葭簀《よしず》張の掛茶屋《かけぢゃや》、又はさまざまなる大道店《だいどうみせ》の日傘の間をば、士農工商、思い思いの扮装形容《みなりかたち》をした人々が、後から後からと引きも切らずに歩いて行く。それはこの年月、幾度と知れず見馴れた上にも見馴れた街の有様ながら、しかしここに住馴れた江戸ッ児の、馬鹿々々しいほど物好な心には、一日半日の間も置きさえすれば、忽《たちま》ちにして十年も見なかった故郷のように、訳もなく無限の興味を感じさせるのである。

早や虫売の姿が見える。花売の荷の中にはもう秋の七草が咲き出したではないか。しかしそんな事には目もくれず、お蔵の役人衆らしいお侍は仔細らしい顔付に若党を供につれ、道の真中を威張って通ると、摺違《すれちが》いざまに腰を曲《かが》めて急がし気に行過ぎるのは、札差《ふださし》の店に働く手代《てだい》にちがいない。頭巾《ずきん》を冠り手に珠数を持ち、杖つきながら行く老人《としより》は、門跡《もんぜき》様へでもお参りする有福な隠居であろう。小猿を背負った猿廻《さるまわ》しの後からは、包《つつみ》をかついだ丁稚《でっち》小僧が続く。きいた風な若旦那は俳諧師《はいかいし》らしい十徳《じっとく》姿の老人と連れ立ち、角隠《つのかく》しに日傘を翳《かざ》した上《うわ》つ方《がた》の御女中は、ちょこちょこ走りの薦僧下駄《こもそうげた》に小褄《こづま》を取った芸者と行交《ゆきちが》えば、三尺帯に手拭を肩にした近所の若衆《わかいしゅ》は稽古本抱《かか》えた娘の姿に振向き、菅笠《すげがさ》に脚袢掛《きゃはんがけ》の田舎者は見返る商家の金看板にまで驚嘆の眼を睜《みは》って行くと、その建続《たてつづ》く屋根の海を越えては、二三羽の鳶《とび》が頻《しき》と環《わ》を描いて舞っている空高く、何処からともなく勇ましい棟上げの木遣《きやり》の声が聞えて来るのであった。やや太く低いけれども極めて力のある音頭《おんど》取《とり》の声と、それにつづいて、大勢の中にも取分け一人二人思うさま甲高な若い美しい声の交っているこの木遣の唄は、折からの穏《おだやか》な秋の日に対して、これぞ正《まさ》しく、大江戸の動かぬ富を作り上げた町人の豪奢と、弓矢はもう用をなさぬ太平の世の喜びとを、江戸中の町々へ歌い聞かすものとしか思われない。

種彦はただどんよりした初秋の薄曇り、この勇しい木遣の声に心を取られながら、ただぞろぞろと歩いている町の人々と相前後して、駒形から並木の通りを雷門の方へと歩いて行くと、何時ともなしに、我もまた路行く人と同じように、二百余年の泰平に撫育《はぐく》まれた安楽な逸民《いつみん》であると云わぬばかり、知らず知らずいかにも長閑《のどやか》な心になってしまうのであった。今更にことごとしく時勢の非なるを憂《うれ》いたとて何になろう。天下の事は微禄《びろく》な我々風情がとやかく思ったとて、何の足《たし》にもなろう筈はない。お上《かみ》にはそれぞれお歴々の方々がおられるではないか。われわれはただその御支配の下《もと》に治《おさま》る御世《みよ》の楽しさを、歌にも唄い、絵にも写して、いつ暮れるとも知れぬ長き日を、われ人共に、夢の如く送り過ごすのが、せめてもの御奉公ではあるまいか。

そのお園。七夕の夜に置手紙をのこして行方を消した。若旦那の家は江戸に名だたる紙問屋であったが、このたびの奢侈禁制のあおりを喰い、あっという間に破産した。もはや新吉原から足ぬけすることはできない。しかし今さら、あだし男に身をまかせられようか。若旦那と落ち合い、心中する覚悟ゆえ追ってくださるな、と手紙につづられる。

哀れな、と嘆く種彦もどうすることもできない。梅雨も終わり、いつもであったら秘蔵の骨董書籍を虫干しし、家を訪れる門人や知人と過去の宝物をながめて酒を汲み、連歌など巻く。今年はそんなささやかな年中行事もつつしみ、家に引きこもった。
若い二人の無事をいのり、ふらっと久しぶりに散策に出た種彦。心中の愁いはそれとして、やはり根っからの都会人である。町の暮らしのにぎわいに触れれば活力が湧き、うきうきする。秋を告げる虫売り、萩やおみなえし、桔梗を売る花売り。芸者も通れば俳諧師も道を行く。いばった役人に、おけいこの本をもった町娘もあるく。どこかから、新築を祝う勇ましい木遣りの歌がひびく——。まるで走馬燈のなかを行く小さな愛らしい人々を映すような筆致である。

一同は早速水茶屋の床几《しょうぎ》をはなれ、ここにも生茂る老樹のかげに、風流な柴垣《しばがき》を結廻《ゆいめぐ》らした菜飯茶屋の柴折《しお》り門をくぐったが、成程門人種員《たねかず》の話した通り、打水清き飛石づたい、日を避ける夕顔棚からは大きな糸瓜《へちま》の三つ四つもぶら下っている中庭を隔てて、茶がかった離れの小座敷へと通るや否や、明放した濡縁《ぬれえん》の障子から一目に見渡した裏田圃《うらたんぼ》の景色は、また格別でげすと申すより外は無かった。即《すなわ》ち、南宗北宗《なんしゅうほくしゅう》はいうに及ばず、土佐、住吉、四条、円山の諸派にも顧みられず、僅《わずか》に下品極まる町絵師が版下絵《はんしたえ》の材料にしかなり得ない特種の景色——漢学という経世的思想の感化からも、御《お》学問所という道徳的臭味からも全く隔離した教養なき平民文学者の、気障気《きざけ》たっぷりな風流心をのみ喜ばしむべき特種の景色——古今万葉の流を汲んだ優美な歌人又唐詩選三体詩を諳《そら》ずる厳粛な士君子の心にはかえって不快嫌悪の情を発せしめるだけに、狂歌川柳の俗気を愛する放蕩背倫《ほうとうはいりん》の遊民にはいうべからざる興味を呼起し得る特種の景色である。即ち左手には田町あたりに立続く編笠茶屋と覚しい低い人家の屋根を限りとし、右手は遥《はるか》に金杉から谷中飛鳥山の方へと延長する深い木立を境にして、目の届くかぎり浅草の裏田圃は一面に稲葉の海を漲《みなぎ》らしている。その正面に当って、あたかも大きな船の浮ぶがように、吉原の廓《くるわ》がいずれも用水桶を載せ頂いた鱗葺《こけらぶき》の屋根を聳《そびやか》しているのである。

折からの、薄く曇った初秋の空から落ちる柔かな光線《ひかげ》は、快く延切った稲の葉の青さをば、照輝く夏の日よりもかえって一段濃くさせたように思われる。彼方此方《かなたこなた》に浮んだ蓮田の蓮の花は、青田の天鵞絨《びろうど》に紅白の刺繍《ぬいとり》をなし、打戦《うちよそ》ぐ稲葉の風につれて、得もいわれぬ香気を送って来る。鳴子《なるこ》や案山子《かかし》の立っている辺から、折々ぱっと小鳥の群の飛立つ毎に、稲葉に埋《うず》もれた畦道からは駕籠《かご》を急がす往来《ゆきき》の人の姿が現れて来る。それは田圃の近道をば、田面《たのも》の風と蓮の花の薫りとに、見残した昨夜の夢を托しつつ、曲輪《くるわ》からの帰途を急ぐ人達であろう。

種彦は眺めあかすこの景色と、久振に取上げる盃の味《あじわい》と、埒《らち》もない門弟達の雑談とに、そぞろ今日の外出《そとで》の無益でなかった事を喜んだ。全く気に入った景色、気に入った酒、気に入った雑談。この三拍子が遺憾なく打揃うという事は人生容易に遇《あ》い難《がた》い偶然の期を俟《ま》たねばならぬ。偶然の好期は紀文奈良茂《ならも》の富を以てしても、あながちに買い得るものとは限られぬ。女中が持ち運ぶ蜆汁《しじみじる》と夜蛤《よまき》の胡瓜《きゅうり》の酢の物、秋茄子《あきなす》のしぎ焼などを肴にして、種彦はこの年月、東都一流の戯作者として、およそ人の羨む場所には飽果てるほど出入した身でありながら、考えて見れば雨や風のさわりなく主客共によく一日半夜の歓会に逢い得たる事幾何《いくばく》ぞと、さまざまなる物見遊山の懐旧談に時の移るのをも忘れていたが、折から一同は中庭を隔てた向の小座敷に、先程から頻《しきり》と手を鳴らしていたお客が、遂に亭主らしい男を呼付けて物荒く云罵《いいののし》り初めた声を聞き付けた。客は誂《あつら》えた酒肴《さけさかな》のあまりに遅い事を憤《いきどお》り、亭主はそれをば平あやまりに謝罪《あやま》っているると覚しい。そう気付いてみれば一同の座敷も同じ事、先程誂えた初茸《はつだけ》の吸物も、又は銚子の代りさえ更に持って来ない始末である。別に大勢の客が一度に立込んで手が足りぬというのでも無いらしい。どうした事かと、仙果は二三度続けざまに烈しく手を鳴らしたが、すると、以前の女中がお銚子だけを持って来ながら息使いも急《せわ》しく、甚《いた》くも狼狽《うろた》えた様子で、

「どうも申訳がございません。どうぞ御勘弁を………。」とばかり前髪から滑り落ちる簪《かんざし》もそのままに只管《ひたすら》額を畳へ摺付けていた。

「こう、姐《ねえ》さん。どうしたもんだな。そう無暗矢鱈《むやみやたら》に謝罪《あやま》られても始まらねえ。お燗はつけず、お肴はなしというのじゃ、どうもこれァお話にならないじゃねえか。」

「ただ今帳場からお詫に出ると申しております。どうぞ御勘弁をなすって下さりませ。」

「それじゃ姐さん、酒も肴も出来ねえと云いなさるんだね。」

「出来ない何のと申す訳ではございませんが、旦那。実は大変な事になりましたのでございます。今が今とて、定巡《じょうまわり》の旦那衆がお出で遊ばしまして、その方どもでは、時節ちがいの走物《はしりもの》を料理に使ってはおらぬかとおっしゃりまして、洗場から帳場の隅々までお改めになってお帰りになるかと思えば、今度は入違に伝法院《でんぽういん》の御役僧と町方の御役人衆とがお出《いで》になり、お茶屋へ奉公する女中達はこれから三月《みつき》中に奉公をやめて親元へ戻らなければ、隠売女《かくしばいじょ》とかいう事にいたして、吉原へ追遣《おいや》って、お女郎《じょろう》にしてしまうからと、それはそれは厳しいお触《ふれ》でございます。」

種彦初め一同は一時《いつとき》に酒の酔を醒ましてしまった。女中はもう涙をほろほろ溢《こぼ》しながら、相手選ばず事情を訴えようとする。

折からいっしょになった門人の種員《たねかず》と仙果《せんか》。彼らは慌てふためき動揺する。幕府のお役替えがあり、いっそう禁令が激化した。昨夜からにわかに市内の私娼街が捜査され、許可なく流れる女芸人や私娼が逮捕され、客商売の家々は恐怖におののくという。

ああ。——種彦はもはや騒ぐ気さえ起らない。代わりに弟子を前にして戯作者魂を見せる。人々の恐怖とパニックをよく観察しておこう。ぶらぶら歩きをつづけよう。「人の難儀を見て置くも」、作家としての歴史眼をつちかう。いたずらに慌てるな。

そうして一同は浅草寺までやって来る。ずっと家にこもっていた種彦は、弟子たちと昼ごはんを取ろうと思う。そんなことも最後かという予感がある。遊び上手の種員の案内で、浅草寺の奥のさもない茶屋へおもむく。

そこは、とてもいい感じの隠れ家である。夕顔をからませる棚にはへちまが可愛らしくぶら下がっていて、客を迎える打ち水がさわやかに匂う。和歌や漢詩を詠む人がすきな優雅な場所とはまた一味ちがうよさがある。学者や武士は俗っぽい景色だと顔をしかめるかもしれない。

この市井のちいさな料亭のよさが解るのは、さしずめ俳句や戯作をたしなむ人だ。俗なのがいい。ありふれて平凡なのがいい。暮らしの香るのがいい。

吉原が見える。田んぼの向うにある。広々とした田んぼの緑のなかに、点々と紅白の蓮の花が咲く。花の香りがここまで届く。米食い鳥をおどかす、とぼけた案山子の姿もいいなあ。稲田をへだてて遠く見える吉原の各遊廓は、まるで青い海に浮かぶ豪華な船のようだ。

景色もいい。酒もいい。弟子もかわゆい。三拍子そろって楽しめる時間など、ありそうで一生にめったにない。これこそ人生のまれなる清福である。遊び尽くした伊達おとこ、種彦にして稀なる至福の酒宴である。生きる喜びとは、たとえばこうした宵のことだ。

愛する江戸の浮世絵から荷風が感得する幸福感があふれる。あるいは市民の休日のピクニックや川遊びを描き、王侯貴族の富とは異なる平凡でちいさな幸福を先駆的に示したマネやモネ、ルノアールの絵画を想わせる。

種彦が本能的に感じたように、これが最後の楽しい宴であった。遊びじまいであった。いろいろ案ずるうちに種彦は秋風邪をひきこみ、その上に戯作の詮議にて奉行所へ呼ばれることとなり、覚悟して支度をする間に卒中で急死したのであった。

辞世の句は、「散るものに極る秋の柳かな」――すなわち散柳の題の由来である。もちろん種彦には、『ふらんす物語』はじめ幾たびも発禁にあい、文学芸術に政府が口を出す世相に鬱屈する荷風の心情が重ねられている。

日和下駄　一名　東京散策記

大正三年から四年、一九一四年から一五年にかけて九回連載の形で、「三田文学」に発表された画期的な散歩エッセイである。大正四年十一月に籾山書店から単行本として刊行された。全十一章。「日和下駄」と題する第一章より始まり、「地図」「寺」「水」「露地」「崖」「坂」などユニークな地理にかかわる名を章題とする。四か所の抄出をかかげる。

人並はずれて丈《せい》が高い上に私はいつも日和下駄《ひよりげた》をはき手に蝙蝠傘《こうもりがさ》を持って歩く。いかに好く晴れた日でも日和下駄に蝙蝠傘がなければ安心がならぬ。これは年中湿気の多い東京の天気に対して全然信用を置かぬからである。変り易いは男心に秋の空それにお上《かみ》の御政事とばかり極《きま》ったものではない。春の花見頃午前《ひるまえ》の晴天は午後《ひるすぎ》の二時三時頃からきまって風にならねば夕方から雨だ。梅雨中は読んで字の如く申すに及ばず。土用に入ればいついかなる時驟雨沛然《しゅううはいぜん》として来らぬとも計りがたい。もっともこの変り易い空模様思いがけない雨という奴《やつ》は既に拙文「厠《かわや》の窓」にも書いてみたが、昔の小説に出て来る才子佳人が割なき契《ちぎり》を結ぶよすがとなり、又今の世の吾らが身の上にも芝居のハネから急に降出す雨を幸い人目をつつむ幌《ほろ》の中しっぽり何処《どこ》ぞで濡れの場を演ずる事なきにしもあらぬはお互に覚えある青春の夢であろう。閑話休題《それはさておき》日和下駄の効能と云わば何ぞそれ不意の雨のみに限らんや。天気つづきの冬の日といえども山の手一面赤土を捏返《こねかえ》す霜解も何のその。銀座日本橋の大通アスファルトの敷道へやたらに溝《どぶ》の水をぶちあける泥濘《ぬかるみ》も更に驚くには及ばない。

私はこの如く日和下駄をはく。蝙蝠傘を持って歩く。

市中の散歩は子供の時から好きであった。十三四の頃私の家は一時小石川から麴町永田町の官舎へ引移った事があった。勿論《もちろん》電車のない時代である。私は神田錦町のある私立学校に上っていたので、半蔵御門を這入《はい》って吹上御苑の裏手を廻る代官町の、老松鬱々たる通りをば、やがて片側に二の丸三の丸の高い石垣と深い堀とを望みつつ、竹橋を渡って平川口の御城門を向うに昔の御搗屋《おつきや》今の文部省に添うて一橋《ひとつばし》へ出る。この道程《みちのり》も別に遠いとは思わず初めの中《うち》はかえって物珍らしく楽しかった。今は宮内省の裏門の筋向《すじむかい》、兵営になっている田安家旧邸の横手に当って、その後《うしろ》は御堀になっている土手の上に大きな榎《えのき》があった。その木蔭の井戸のほとりに、夏冬とも甘酒屋と駄菓子屋が店を出していて、いつも往来《ゆきき》の車力や馬方が休んでいる。竹橋の方から這入って来ると御城内の道が歩くものにはそれ程気のつかないだけ、車を引くものには限りも知れぬ長い長い坂になっている、ここが丁度その真中になっているからである。東京の地勢はかくして麴町の方へと漸次《ぜんじ》に高くなっているのだ。夏の炎天には私も学校の帰途《かえりみち》井戸の水で手拭を絞って汗を拭き、土手の上に昇って大榎の木蔭から御堀を越して五番町の通の方を眺めながら休んだ。土手にはその時分から既に昇ル可《べ》カラズの立札が付物になっていたが、土手の上から水を越えて遠くの町を見る心持は敢《あえ》てここのみならず、外濠の松蔭から牛込小石川の高台を望む景色なぞ東京中での絶景と云わねばならぬ。

第一章の冒頭である。

日和下駄。読んで字のごとく、お天気のいい日にはく歯の低い、安価な下駄を指す。この下駄に荷風は思い入れが濃い。古風なちいさな木の橋をわたる時に鳴る、固く乾いた音が好きだった。文中にもあるように、昔ながらの土道のぬかるみにも、今風のアスファルト道路に横流れする雨後の泥水にも滅法つよいのが、散歩に向くとお気に入りだった。

とくに下町にはこの下駄が似あう、と惚れていた。革靴に慣れた彼にとって本当に歩きやすかったのかは、また別の問題であろう。あこがれの江戸前のはきものと、痩せがまんして使っていた可能性もある。

この散歩の記を書いた頃、荷風は三十代なかば。水のゆたかな下町にあこがれ、山の手の実家を出て築地に借りぐらしも試みた。土地の芸妓の修業する清元の師匠の家へ通い、ここに来るのは女性ばかり、かわゆい小さな草履のならぶ玄関にたった一足、自分のごつい「鬼のような日和下駄」のあるのは珍妙な光景、と苦笑しつつ屈折して誇っている。

自分で自分のトレードマークにした大きな日和下駄、それと杖代わりにもなるこうもり傘。荷風は明治の男としては背が高い。そしてひょろんと痩せている。「私」は背が高い、とこの散策記では珍しくしばしば口にする。これで愛読者にとっての鮮やかな〈荷風〉のシルエットが完成した。

大男、というよりどこか可愛い。からからと下駄を鳴らし、のん気にこうもり傘を片手に下げてぶらぶら歩く、好奇心のつよい無邪気な永遠の旅びとのシルエットが出来た。

東京の水を論ずるに当って試にその性質よりしてこれを区別して見れば、第一は品川の海湾、第二は隅田川中川六郷川の如き天然の河流、第三は小石川の江戸川、神田の神田川、王子の音無川の如き細流、第四は本所深川日本橋京橋下谷浅草等市中繁華の町に通ずる純然たる運河、第五は芝の桜川、根津の藍染川《あいぞめ》、麻布の古川、下谷の忍川の如きその名のみ美しき溝渠《こうきょ》、もしくは下水、第六は江戸城を取巻く幾重《いくえ》の濠《ほり》、第七は不忍池、角筈十二社《つのはずじゅうにそう》の如き池である。井戸は江戸時代にあっては三宅坂側の桜ケ井、清水谷の柳の井、湯島の天神の御福の井の如き、古来江戸名所の中に数えられたものが多かったが、東京になってから全く世人に忘れられ所在の地さえ大抵は不明となった。

東京市はこの如く海と河と堀と溝と、仔細に観察し来ればそれら幾種類の水――即ち流れ動く水と淀んで動かぬ死したる水とによって、すこぶる変化に富んだ都会である。まず品川の入《いり》海《うみ》を眺めんにここは目下なお築港の大工事中であれば、将来如何なる光景を呈し来るや今より予想する事はできない。今日まで吾々が年久しく見馴れて来た品川の海は僅に房州通《がよい》の蒸汽船と、円《まる》ッこい達磨《だるま》船を曳動《ひきうごか》す曳船の往来する位のもので、東京なる大都会の繁栄とは直接にさしたる関係もない泥海である。潮の引く時泥土は目のとどく限り引続いて、岸近くには古下駄に炭俵、さては皿小鉢や椀のかけらに船虫のうようよと這寄るばかり。この汚《きたな》い溝《どぶ》のような沼地を掘返しながら折々は沙蚕取《ごかいと》りが手桶を下げて沙蚕《ごかい》を取っている事がある。遠くの沖には彼方此方《あちらこちら》に澪《みお》や粗朶《そだ》が突立っているが、これさえ岸より眺むれば塵芥《ちりあくた》かと思われ、その間に泛《うか》ぶ牡蠣舟《かきぶね》や苔取《こけとり》の小舟も今はただ強いて江戸の昔を追懐しようとする人の眼にのみいささかの風趣を覚えさせるばかりである。

（中略）

十五六の頃であった。永代橋の河下には旧幕府の軍艦が一艘、商船学校の練習船として立腐れのままに繋がれていた時分のことである。私は同級の中学生と例の如く浅草橋の船宿から小舟を借りてこの辺を漕ぎ廻り、河中に碇泊《ていはく》している帆前船を見物して、恐しい顔をした船長から椰子《やし》の実を沢山貰って帰って来た事を覚えている。その折私達は、船長がこの小さな帆前船を操って遠く南洋まで航海するのだという話を聞き、全くロビンソンの冒険談を読むような感に打たれ、将来自分もどうにかしてこの如き勇猛なる航海者になりたいと思った事があった。

やはりその時分の話である。築地の河岸《かし》の船宿から四挺艪《しちようろう》のボオトを借りて遠く千住の方まで漕ぎ上った帰り引汐《ひきしお》につれて佃島の手前まで下って来た時、突然向から進んで来る大きな荷船に衝突し、幸いに一人も怪我はしなかったけれど、借りたボオトの小舷《こべり》を散々《さんざん》に破《こわ》してしまった上に櫂《かい》を一本折ってしまった。一同は皆親がかりのものばかり、船遊びへ行く事すら家へは秘密にしている位なので、私達は船宿へ帰って万一破損の弁償を請求されたらどうしようかと、その前後策を講ずるために、佃島の砂の上にボオトを引上げ侵水をかい出しながら相談をした。その結果夜暗くなってから船宿の桟橋へ船を着け、宿の主人が舷《ふなべり》の大破損に気のつかない中一同一目散に逃げ出すがよかろうという事になった。そこで一同はお浜御殿の石垣下まで漕入ってから、空腹を我慢しつつ、水の上の全く暗くなるのを待っていた。かくて私達は船宿の桟橋へ上るが否や、店に預けておいた手荷物を奪うように引取り、めいめい後をも見ず、ひた走りに銀座の大通りまで走って、やっとここで息をついた事があった。その頃には東京府府立の中学校が築地にあったのでこの辺の船宿では釣船の外にボオトをも貸したのである。今日築地の河岸を散歩しても私ははっきりとその船宿の何処《いずこ》であったかを確めることが出来ない。わずか二十年前なる我が少年時代の記憶の跡すら既にかくの如くである。東京市街の急激なる変化はむしろ驚くの外はない。

第六章「水」より。

都市の美しさと水との密な関わり。それを荷風はフランスの都市美論で読んだ。共感した。とくに水のゆたかな日本において、この視点は欠かせない。

江戸はベニスに肩をならべる水の都であった。陸の交通網の未発達をじゅうぶん、水路がおぎなった。しかも江戸びとは水辺をたのしむ知恵にも長けていた。隅田川べりには遊廓や茶屋、船宿が立ちならび、夜ともなれば家々の燈火が水に映り、都心から近間のみやびなリゾート地となった。明治日本はその遊びごころを忘れた。川と粋に戯れなくなった。川を実用的な目でしか見なくなった。それでも東京さんぽしていて、ああ、と感嘆するのは大小さまざまの水の流れである。——と述べてから荷風は冷静に東京の水を何種類かに分類する。理論的である。

もう今は完全に忘れ去られた川の名がつぎつぎに出てくる。桜川、藍染川、忍川など美しい。溝といってよい小さな流れにも、江戸びとは美麗な名をつけて愛でた。荷風も溝が好きである。井戸も池も多数あった。二十一世紀ではほぼ全て幻である。「流れ動く水と淀んで動かぬ死したる水」が東京を多彩にいろどるという言葉に、都市観察者の円熟した知恵がこもる。品川湾は目下、大工事中。この時期、東京は近代化を急いでどこもかしこも工事だらけであった。オリンピックを目前にした現在の東京そのものである。それを森鷗外は「普請中」とひにくった。まさに歴史はくり返す。

この個性的な散策記の目的は、そのうちコンクリートで固められ水も坂も土手や崖も埋め立てられてしまう東京の、愛らしく古い地形のコージーコーナーを筆で記録しておこうとする点にある。荷風が中学生だった、いたずら盛りの十五、六歳ころの思い出も印象的である。川と海にあこがれる子だった。元気がいい。海へ出てゆく勇敢な「航海者」になりたかったとは、ここで初めて聞く。そういえば帰朝後すぐに発表した小説『冷笑』には、遠く外国へゆく船長が重要人物として登場する。少年時代の夢のなごりか。

隅田川を泳ぎまくり、それでも足りなくてボートや和船を友だちと乗りまわし、湾にほど近い永代橋まで繰り出していた。大海に出ることに憧れていた、筋金入りの荷風の水好きがうかがわれる。

その時分——今年の五月頃の事である。友人久米《くめ》君から突然有馬の屋敷跡には名高い猫騒動の古塚が今だに残っているという事だから尋ねて見たらばと注意されて、私は慶應義塾の帰りがけ始めて久米君とこの空地の中へ日和下駄を踏入れた。猫塚の噂は造兵廠《ぞうへいしょう》が取払いになって空地の中にはそろそろ通抜ける人達の下駄の歯が縦横に小径《こみち》をつけ始める頃から誰いうとなく云い伝えられ、既にその事は二三の新聞紙にも記載されていたという事であった。

　私達二人は三田通に添う外囲《そとがこい》の溝《どぶ》の縁に立止って何処《どこ》か這入《はい》りいい処を見付けようと思ったが、板塀には少しも破目《やぶれめ》がなく溝《どぶ》は又広くてなかなか飛越せそうにも思われない。みすみす空地の外を迂廻《うかい》して赤羽根の川端迄出て見るのも業腹《ごうはら》だし、そうかといって通過ぎた酒屋の角まで立戻って坂を昇り空地の裏手へ廻ってみるのも退儀《たいぎ》である。そう思う程この空地は広々としているのである。私達はやむを得ず空地の一角に恩賜財団済生会とやらいう札を下げた門口を見付けて、用事あり気にそこから構内へ這入って見た。構内は往来から見たと同じように寂として、更に番人のいる様子も見えないので、私達は安心してずんずんと赤煉瓦の本家《おもや》について迂廻しながらその裏手へ出て見ると、僅か上下二筋の鉄条網が引張ってあるばかりで、広々した空地は正面に鬱々《うつうつ》として老樹の生茂った辺《あたり》から一帯に丘陵をなし、その麓には大きな池があって、男や子供が大勢釣竿を持ってわいわい騒いでいる。意外な景気に興味百倍して久米君は手早く夏羽織の裾《すそ》と袂《たもと》をからげるや否や身軽く鉄条網の間をくぐって向へ出てしまった。私は生憎《あいにく》その日は学校の図書館から借出した重い書物の包を抱えていた上に、片手には例の蝙蝠傘を持っていた。なおそればかりでない。私の穿《は》いていた藍縞仙台平《あいじませんだいひら》の夏袴《なつばかま》は死んだ父親の形見で、いかほど胸高に締めてもとかくずるずると尻下《しりさが》りに引摺って来る。久米君は見兼ねて鉄条網の向から重い書物の包と蝙蝠傘とを受取ってくれたので、私は日和下駄の鼻緒を踏〆め、紬《つむぎ》の一重羽織の裾を高く巻上げ、きっと夏袴の股立《ももだち》を取ると、図抜《ずぬ》けて丈《せい》の高い身の有難さ、何の苦もなく鉄条網をば上から一跨《また》ぎに跨いでしまった。

二人は早速空地の草原を横切って、大勢釣する人の集っている古池の渚《なぎさ》へと急いだ。池はその後に聳《そび》ゆる崖の高さと、又水面に枝を垂した老樹の形などから考えて、その昔ここに久留米《くるめ》二十余万石の城主の館が築かれていた時分には、現在水の漂っている面積よりも確にその二三倍広かったらしく、崖の中腹からは見事な滝が落ちていたに相違ない。私は今まで書物や絵で見ていた江戸時代の数ある名園の有様をば朧気ながら心の中に描出した。それと共に、吾々の生れ出た明治時代の文明なるものは、実にこれらの美術をば惜気もなく破壊して兵営や兵器の製造場にしてしまったような英断壮挙《えいだんそうきよ》の結果によって生じたものである事を、今更の如くつくづくと思知るのであった。


第八章「空地」より。

たんぽぽ昼顔つゆ草など、平凡な雑草の好きな荷風は、それらの生い茂る空地にも関心がふかい。大工事中の二十世紀はじめの東京には、とりあえず古い建物を壊し、あたらしい何かが建てられるのを待つ空地もめだって多かった。

慶應義塾へ教授として通う荷風。いったいは芝・赤羽根の大名屋敷のひろがる土地だった。義塾のある敷地はもと島原藩・松平家の下屋敷だった。近くには薩摩藩・島津家の屋敷、久留米藩・有馬家の屋敷があった。みな取り払われた。

九州の有馬家といえば、化け猫騒動で世に知られる。いまは広大な空地となっている庭園跡に、恐ろしい祟り猫をまつる「猫塚」がたしかに現存すると評判だから、学校帰りに行ってみませんかと、「三田文学」の編集を手伝ってくれる、ドイツ語専攻の若い久米秀治に誘われた。

よし、と荷風先生も向かう。着いたものの一体どこから入ればいいのか、ええ面倒だと、庭園跡をかこう鉄条網をむりやり潜る。こんな若々しい勢いも荷風にあったのだと驚く。

教授として正装をしていた。三田の荷風といえば、モダンな黒いボヘミアン・タイをまとう姿が知られるが、この夏の日は古式ゆたかな和装であった。父のかたみの夏ばかまは痩せた荷風にサイズが合わず、腰からずり落ちる。それをきつく上へ締め、羽織のすそを手で巻き、えいやっと鉄条網を一気にまたぐ。

池も老樹も手入れされず枯れて縮んでしまっているけれど、美しくおだやかな大名屋敷の庭の威容は偲ばれる。名園を破壊し、兵隊宿舎や武器作製所にする明治の文明度の低さを、わざと「英断壮挙」という勇ましげな漢字熟語を用い、あらためて軽蔑する荷風である。

崖《がけ》は空地や露地《ろじ》と同じようにわが日和下駄の散歩に少からぬ興味を添えしめるものである。何故《なぜ》というに崖には野笹、竹藪、薄、雑草が生えて、その間から清水が湧き、下水が谷川のように潺々《せんせん》と音して流れる。又樹木は皆落掛るように斜になって幹と枝と特に根の形なぞに絵画的興趣を覚えさせることが多いからである。よし又、樹木や雑草が全く生えていないとすれば、東京市中の崖は切立った赤土が夕日を浴びた時なぞあたかも堡塁《ほるい》を望むような悲壮の観をなす。昔から市内の崖には別にこれという名前のついた処は一つもなかったようである。紫の一本《ひともと》その他の書にも、窪《くぼ》、谷なぞいう分類はあるが崖という一章は設けられてない。しかし高低の甚《はなはだ》しい東京の地勢から考えて、崖は今も昔も変りなく市中の諸処に聳えていたに相違ない。

上野から道灌山《どうかんやま》飛鳥山へかけての高地の側面は崖の中で最も偉大なものであろう。神田川を限るお茶の水の絶壁は元より小赤壁の名がある位で、崖の最も絵画的なる実例とすべきものである。

小石川春日町から柳町指ケ谷町《さしがやちょう》へかけての低地から、本郷の高台を見る処々《ところどころ》には、電車の開通しない以前、即ち東京市の地勢と風景とがまだ今日ほどに破壊されない頃には、樹や草の生《お》い茂《しげ》った崖が現れていた。根津の低地から弥生ケ岡と千駄木の高地を仰げばここもまた絶壁である。絶壁の頂に添うて、根津権現の方から団子坂の上へと通ずる一条の路がある。私は東京中の往来の中で、この道ほど興味ある処はないと思っている。片側は樹と竹藪に蔽われて昼なお暗く、片側はわが歩む道さえ崩れ落ちはせぬかと危《あやぶ》まれるばかり。足下《あしもと》を覗くと崖の中腹に生えた樹木の梢を透して谷底のような低い処にある人家の屋根が小さく見える。されば向は一面に遮るものなき大空かぎりもなく広々として、自由に浮雲の定めなき行衛《ゆくえ》をも見極められる。左手には上野谷中に連なる森黒く、右手には東京の市街が一目に見晴されそこより起る雑然たる巷《ちまた》の物音が距離のために柔げられて、かのヴェルレエヌが詩に、

かの平和なる物のひびきは
街より来る…………

と云ったような心持を起させる。

当代の碩学《せきがく》森鷗外先生のお屋舗《やしき》はこの道のほとり、団子坂の頂に出ようとする処にある。二階の欄干にたたずむと市中の屋根を越して遥に海が見えるとやら、しかるが故に先生はこの楼を観潮楼《かんちょうろう》と名付けられたのだと私は聞伝えている。度々私はこの観潮楼に親しく先生に見《まみ》ゆるの光栄に接しているが多くは夜になってからの事なので、惜しいかな一度もまだ潮を観るの機会がないのである。

（中略）

去年の暮巖谷四六君小波先生令弟と図らず木曜会の忘年会席上に邂逅して談たまたまわが日和下駄の事に及んだ。その時四六君は麴町平河町から永田町の裏通へと上る処に以前は実に幽邃《ゆうすい》な崖があったと話された。小波《さざなみ》先生も四六君も共々その頃は永田町なる故一六先生の邸宅にまだ部《へ》屋住《やずみ》の身であったのだ。丁度その時分私も一時父の住まった官舎がこの近くにあったので、憲法発布当時の淋しい麴町の昔をいろいろと追想する事ができる。一年ほど父の住《すま》っておられた某省の官宅もその庭先がやはり急な崖になっていて、物凄いばかりの竹藪であった。この竹藪には蟾蜍《ひきがえる》のいる事これまた気味悪いほどで、夏の夕まだ夜にならない中《うち》から、何十匹となく這い出して来る蟾蜍で、庭先は一面に大《おおき》な転太《ごろた》石《いし》でも敷詰めたような有様になる。この庭先の崖と相対しては、一筋の細い裏通を隔てて向うには独逸《ドイツ》公使館の立っている地面の脊後《うしろ》がやはり樹木の茂った崖になっていた。私は寒い冬の夜なぞ、日本伝来の迷信に養われた子供心に、われにもあらずお化《ばけ》のことを考え出したりしては、一生懸命に痩我慢しつつ真暗な廊下を独り厠《かわや》へ行く時、その破れた窓の障子から向の崖なる木立の奥深く、巍然《ぎぜん》たる西洋館の窓々に煌々たる燈火の輝くのを見、同時にピアノの音の漏るるを聞きつけて、私は西洋人の生活をば限りもなく不思議に思ったことがあった。

この頃日和下駄を曳摺《ひきず》って散歩する中、私の目についた崖は芝二本榎《にほんえのき》なる高野山の裏手または伊皿子《いさらこ》台から海を見るあたり一帯の崖である。二本榎高野山の向側なる上行寺《じょうぎょうじ》は、其角《きかく》の墓ある故に人の知る処である。私は本堂の立っている崖の上から摺鉢の底のようなこの上行寺の墓地全体を覗き見る有様をば、其角の墓諸共《もろとも》に忘れがたく思っている。白金《しろかね》の古刹聖瑞寺の裏手も私には幾度か杖を曳くに足るべき頗《すこぶ》る幽邃なる崖をなしている。

麻布赤坂にも芝同様崖が沢山ある。山の手に生れて山の手に育った私は、常にかの軽快瀟《しょう》洒《しゃ》なる船と橋と河岸の眺を専有する下町を羨むの余り、この崖と坂との佶倔《きつくつ》なる風景を以て、大いに山の手の誇とするのである。「隅田川両岸一覧」に川筋の風景をのみ描き出した北斎も、更に足曳《あしひき》の山の手のために、「山復山」三巻を描いたではないか。

下町のよさは、河岸と船と橋。
山の手のよさは、崖と坂。
山の手の子、荷風は崖をふかく愛する。崖のよさ——私たちには解りにくい。うなずけるのは坂のよさ、までか。崖が大好きという人に、荷風以外出会ったことがない。
はだかの赤土がそそり立つだけの殺伐とした崖も好きだという。夕陽がさすと、孤独にそびえる出城のように見えるのがいいと言う。なるほど、この悲壮美はすばらしかろう。

神秘的で野生の残る崖は、江戸の文人画のこのむ素材である。名所を描く浮世絵にも、しばしば強調した巨大な崖が描かれる。荷風の江戸趣味の反映でもある。また、それとないまぜの郷愁もこもる。

荷風の生まれた小石川かいわいには「崖が沢山あった」。近所にはぶきみな「切支丹坂」があり、その左右は鬼気せまる崖であった。実家の庭にも何層かの崖があった。

両側の崖におびえつつ細い坂道をあるくのが好き。崖に生える草木やしたたり落ちる水を見るのも好き。とりわけ坂を上がりきった高い崖の頂上から、繁華の町を遠く見晴らすのが好き。

一風変わった〈好き〉〈楽しい〉が荷風にはゆたかにある。たくさんの好きを発見するのは、彼に繊細な感性と古いものを愛おしむ知識が備わるからである。荷風とおなじ散歩コースをたどったからといって、だれもが同じ好きな風景を見つけられるものではなかろう。

ひそかに大好きな崖道が、団子坂に通じて存在するという告白も印象的である。昼なお暗い崖道は、ずいぶん高い。足元はるかに家々がちいさく見える。まるで山登りである。行く手はさえぎるもののない広い空。かすかに眼下の都市の生活音がひびく。その音がなつかしい。

かつて『珊瑚集』にて訳出したヴェルレーヌの詩「偶成」を思い出す。「空は屋根のかなたにかくも静《しずか》にかくも青し」「樹は屋根のかなたに　青き葉をゆする」という散策者のつぶやきで始まる詩である。パリも坂が多く、坂のいただきからの見晴らしの美しい都会である。

この崖路をゆくと敬愛する森鷗外先生の家へいたる。先生を慕って何度も訪れた。二階から街の家々の屋根をこえて海が見えるので、先生は「観潮楼」と名づけた。それくらい高台の多い東京なのである。

崖に思い入れのある荷風に賛同してくれた友人もあった。若いころから師事する巌谷小波先生の弟、四六君。麴町に忘れがたい崖があるという。荷風も十代前半に父のしごとの都合で麴町の坂のほとりの家に住んでいた。ちょうど大日本帝国憲法の発布された明治二十二年前後のことである。

庭は竹がはえてヒキガエルだらけ。庭先は崖。崖の向こうはドイツ公使館。恐怖にみちたお手洗い行きの夜の廊下で、公使館は別世界のように光かがやき、客があるのかピアノの音がひびくのが神秘にみちていた。荷風にとって「西洋」は一面、崖の向こうの輝く異界であった。

『日和下駄』を読むと、水の下町が印象的であるのみならず、明治前半の山の手に生き残る野生もあざやかに迫る。庭といっても明るく穏やかではない。まだ人間にそう飼いならされていない。もと大名・蜂須賀家のお嬢様、蜂須賀年子が明治の広大な実家の思い出をつづる記『大名華族』にも、庭は暗く足の踏み場もないほどヒキガエルだらけで恐ろしかったと書かれている。荷風とおなじである。

快活なる運河の都とせよ

大正十二年、一九二三年十一月、雑誌「女性」に発表された文章。同年九月一日の関東大震災からちょうど二か月後をにらんで同誌の組んだ特集、「帝都復興に対する民間からの要求」への回答文である。他には与謝野晶子、高村光太郎などが答える。抄出をかかげる。

聞くところによれば、政府にては米国より技師を招聘《しょうへい》し都市再建の大事を委任いたす由《よし》に御《ご》座《ざ》候《そうら》へども、元来米国人の趣味は日本風土の美に調和致し難き事前例によつて明白に御座候。もし外国より是非とも技師招聘の必要有之《これあり》候ものならば、仏蘭西伊太利亜《フランスイタリア》この二国にてしかるべき人物を択び迎へたきものに御座候。伊太利亜は申すまでもなくわが国と同じく度々震災の経験にも富みたる国なれば、啻《ただ》に趣味の上のみならず実地に当つては伊人の腕前必ず米人よりも立ち優りたるところ有《あ》るべきやに被存候《ぞんぜられそろ》。米人を仰ぎ迎へて師となすの恥辱は幕末維新の時にて既に十分と存候。

東京は東武平野の上に立てる都会なり。筑波おろし富士おろしなど申候うて、兎角《とかく》風つよく、雨はいつも斜に降りつけるところに御座候。強雨《ごうう》襲ひ来る毎に市中川添の人家または崖下の裏町といへば必ず浸水の害を蒙《こうむ》りたる次第に有之《これあり》候間、この度新都造営に際しては道路の修復と共に溝渠《こうきょ》の開通には一層の尽力然《しか》るべきやに被存候。都市外観の上よりしても東京市には従来の溝渠の外、新に幾条の堀割を開き舟行《しゅうこう》の便宜あるやうに致度《いたしたく》候。急用の人は電車自動車にて陸上を行くべく、閑人《かんじん》は舟にて水を行くやうに致し候はゞ、おのづから雑閙《ざっとう》を避くべき一助とも相成申べく候。京都はうつくしき丘陵の都会なれば、此れに対して東京は快活なる運河の美観を有する新都に致したく存候。

あの大震災の瞬間、荷風は何をしていたか。

「断腸亭日乗」によれば、自宅の本棚の下にすわりこみ、物色した本に読みふけっていた。その夏は猛烈に暑かった。八月末には雨がよく降った。激しく降るので警戒していた。腹痛など起こり、体調もかんばしくなかった。大震災の前夜も大雨。その日も暗い空に雨がこまかく降っては止んだ。陰気な日だった。

それでも読書を欠かさないのが荷風である。とつぜんの大揺れに、本棚の上からバラバラと本が落ちてきたのには驚いた。すぐ立ち上がり、窓をあけると土ぼこりが舞う。近隣の家の瓦が落下したためだ。荷風の住まう偏奇館はほぼ無事だった。しかし余震による万一の崩落をかんがみ、二夜、庭の木の下で寝た。

九月四日には母を案じて西大久保の末弟の家へ、そこでさらに愛するすぐ下の弟、鷲津貞二郎一家が下町の下谷から脱出し、上野の博覧会の跡地へ避難すると聞き、あるいて上野まで一家を探しに行っている。日記には詳細を書かないが、混雑する上野までの道のりで、さぞ色々なことを見聞きしたであろう。

震災の辛酸をつぶさに見た。ゆえにきっぱり決然と荷風は答える。政府は帝都復興にアメリカ人技術者を招くというが、アメリカとは大平地国ではないか。海と山にかこまれ川も多く、わずかな平野に吹きつける嵐と強い雨の中、やっと立つ繊細な都市・東京への理解がまるで足りない。気候風土のあまりに異なる大陸アメリカに教えを乞う愚は、明治維新のときの失敗でたくさんだ。

イタリアの知恵をあおぐのが一番。そう荷風は断言する。なぜなら水と深くつきあう点で、日本とイタリアの風土は合致する。とくにイタリアは、水の都ベニスの秀麗を世界に誇る国柄である。すみだ川で少年の頃から泳ぎまわり、長じては川沿いの花街で遊んだ荷風は、いかに毎年の水害が恐ろしいかをも肌で知る。川や小流れをコンクリートで無理に埋め立てる近代東京の都市設計には不満だらけだったので、ここぞとばかりお上にもの申す。

むしろ逆がよろしかろう。幾筋もの流れをつくり、暴れ川にあふれる水を散らしてやろう。瀉血してやろう。都市とは利便のみならず、美しく愛されるものでなければならぬ。西の京都はうるわしい丘の上におっとりと鎮座する都市。ならば東京を元気よく運河がながれ小舟が走る、敏捷で快い都市にすべし。京都の看板が古風しとやかならば、こちら東京はフットワークの軽やかな明るいほがらかさで人を魅了しよう。

荷風の回答はとうじの政治家・実業家には一笑されたにちがいない。経済劣等国のイタリアを模す、しかも海に沈みゆくベニスをまねぶとは、まことに文学者の夢のたわごとである。これだから婦人雑誌の特集などは実がない、と無視されたにちがいない。

しかし発想の新鮮な大転回がある。経済効率よりも美観。国家の高度成長よりも個人の幸福度の向上。川を殺すより活かす治水法。あんがい観光都市・東京のニーズに先駆的によく答えていたのが荷風だったのではないか。

さいごに荷風は尊敬する都市思想家として、明治の幸田露伴とその著作「一国の首都」を挙げる。都市とは楽しく美しい劇場や公園をもち、人を魅了するあでやかな大輪の花でなければならぬという露伴の考えに、かねて敬愛をささげていた。いまだそれが実行されないことに、改めて口惜しい思いを放つ。自分のふるさと、郷土東京への愛あふれる意見文である。

草箒

大正六年、一九一七年五月、「文明」に「飛花落葉」の題で発表された随筆である。翌年に籾山書店より刊行された随筆集『断腸亭雜稾』に、改題しておさめられた。二か所の抄出をかかげる。

一 白日門を閉ぢて独《ひとり》閑庭に飛花落葉を掃《はら》ふ時の心ほど我ながらなつかしきはなし。古より憂を払ふもの酒杯に如《し》かずと云へど酒も時に酔を成さゞる事あるを、酔ふもまた醒めたる後の悲しみあるをや。詩歌よく酒の如くに憂を忘れしむと。然《しかれ》ども筆硯《ひつけん》また世渡る便《たつき》となり果てゝは市気俗念先立ちて身の浅間しさいよ〳〵切なく却て悔のみ多からしむ。さても我れ取立てゝいふべきほどの憤りも悲しみもあらぬにいつとはなく世と人にそむきて今はただ何事も見まじ何事も聞くまじとのみ冀《こいがね》ふ。かくて無聊極《きわま》りなき生涯何思ふ事もなく一日を茫然夢の如くに打過《うちすご》さしめん事、まことに隣家の飛花わが家の落葉を掃くにまさる法《すべ》なきを。

一 飛花は春に限らず落葉また独り秋のみならんや。山茶花《さざんか》の落つる時冬漸《ようや》く寒く八ツ手の花雪ならぬ雪を降らせば梔子《くちなし》の実落霜紅《うめもどき》と共にいよ〳〵赤し。梅桜桃李のながめ昨日と過ぎ垣には卯《う》の花の雪つもりて藤棚のかげに紫の房もやう〳〵落ちつくせば雀の子既に巣立してあたりは夏なり。五月松の花は閑庭の苔に金砂を撒き、七月柘榴《ざくろ》の花は緑陰に緋の毛氈《もうせん》をのぶ。

一　落葉は新樹の緑潮の如く湧出づる時より庭のすみ〴〵垣のきはに掃き尽せぬばかりうづだかし。これ去年《こぞ》一冬の霜を忍びし椎《しい》、樫《かし》、槙《まき》、扇骨木《かなめ》の如き常磐木《ときわぎ》の古葉若芽の伸ぶるに従ひ風をも待たで落散るなり。春尽きんとして雨多く、世には流行《はやり》風邪の噂もありて一重の小袖俄《にわか》に薄寒き夕暮なぞ、かゝる常磐木の落葉窓の障子にはら〳〵と音づるれば、心は忽《たちま》ち時雨《しぐれ》の夕に異ならず思はずとも事ども何くれとなく思ひ出《いだ》さる。

背の高い荷風。大ぶりのほうきが似あう。

クサボウキの茎を枯らしてたばねた大きな草帚は、今ではめったに見かけない。荷風の庭しごとのいい相棒だった。相棒と二人で撮った写真も残る。

人生の伴侶というべき庭の木と落葉を語るうえで、格の高い文語調が選ばれる。日々の生活の憂さを払うのに何がいいといって、自分にとっては昼間からぴったりと門を閉ざし、草や木の香るしずかな庭でひとり、風に飛んだ花や落葉をほうきで掃くほど心おだやかになる時はない。

酒で憂いを忘れる人もいるかもしれないが、「われ」は酔うのがつらくてどうもだめ。もの書けば夢中に無心になるとも言うが、自分の場合は書くことが暮らしのたつきなので、欲が湧く。

庭そうじが一番。花は春にのみ散るものではない。ひとしく落葉は秋のみではない。日々、庭に立つのでよくわかる。冬は山茶花につづいて八つ手の花が雪めいて降るし、梅さくら桃も散り終わると、こんどは晩春。垣根にからまり咲く純白やうすべにの卯の花が散り、藤も散る。初夏の五月は松の花が苔の上に散って、金の小さなかけらのように輝く。七月は樹下の草一面に緋色のざくろの花がこぼれる。

そう、繰り返し言おう。落葉は秋のみならず。木々の葉がみどりの波のように湧きかえる新緑の季節にもめだつ。冬を耐え抜き若芽の育つのを待ったフォエバーグリーンの木々の古い葉が、つかれ切って風もないのにはらはら落ちるのだ。春もおわる雨多い日の夕ぐれ、その哀れな力よわい落葉が障子に当たる音を聞くと、冬のせつない時雨を聞くときと同じく、来し方のあれやこれやが思い出される。

一　年中の景物およそ首夏《しゅか》の新樹と晩秋の黄葉といづれをか選ぶべき。この時節両《ふたつ》ながら夕陽甚《はなはだ》美なり。一は密葉の間を染めて友禅の如く、一は黄葉に映じて錦繍《きんしゅう》の如し。然《しか》れども新緑は花にも似て束《つか》の間《ま》の眺めなり。その軟《やわらか》き緑は長からず梅雨晴《つゆばれ》の日の光漸《ようや》く強くなり行くに従ひて緑は黒ずみて遂《つい》に孟夏《もうか》の塵《ちり》を浴ぶ。やがていつともなく朝夕の寒さ身にしみ来《く》れば、風打騒ぐ梢のいたゞきより木の葉はその縁《ふち》薄く黄ばみ出して次第に日蔭の小枝にも及ぶ程に初めに色変へし木の葉まづひら〱と閃き落つ。われ何とは知らねど訳無きに、日毎夜毎《ひごとよごと》の物思ひ、朝な夕なの憂《う》さ辛《つら》さ身につもる此ごろ、ただ木の葉の果敢《はか》なく色かはり行くさま打眺めん事、花にも若葉にもいや増して云ひ知れぬ心地こそすれ。

一　去年の秋より冬にかけて、われ人なき庭に唯一人落葉掃きつゝ木々の梢の色かはり行くさま仔細に打眺め、つれ〲のあまり手帳に控へ置きけり。春より夏にかけて若芽青葉の緑、木々により濃淡強弱さま〲に湧き出づるを、若《も》し西洋の音楽に譬《たと》へて、緑の管絃楽《サンフホニー》とも名付け得たらんには、憔悴《しょうすい》の詩情云ひがたき黄葉の管絃楽はまづ十月よりその序曲《プレルード》をば奏《かな》で出《いづ》るなり。

夏のはじまりに新しく生まれ変わる木々。晩秋にさまざまに色づく黄葉。さて、どちらが優るか、そんなことは決められない。

両者とも夕陽のうつくしい季節で、沈みゆく日が葉を神秘的に染めるありさまといったら、友禅か錦のぬいとりか、と目が迷う。しかし何といっても「われ」は新緑のあっという間の鮮やかに奇跡的な色に心うばわれる。桜の花のようなはかなさである。生まれたての柔らかいみどり色はすぐ変化し、もったりと重いみどり色になる。真夏などは憎らしいくらい黒ずんでおおきく茂る。と思ううちに早くも秋の入口。葉はびみょうに色を変え、早くも落ちはじめるのである。

去年に慶應義塾を辞職するなど事多かった「われ」は、ひとり庭を掃き、木々のこずえの色変わりゆく様子をなす事ないままに思うさま眺め、「手帳」に記した。そして発見した。春から初夏に誕生する若芽青葉のフレッシュな色の波は、音楽にたとえれば「緑の管弦楽」。にぎやかで多様だ。それに対し、木々の葉が疲れやつれて落ちはじめる「黄葉の管弦楽」の序曲は、はやくも十月より響くといえる。

飛花落葉。愁いと華とを合わせもつ美しい言葉である。荷風はとりわけ落葉に思い入れがある。庭の花を賞する人は多い。しかし自ら庭の世話をみる荷風としては、四季いずれも目ざましい落葉の美を賞さずにはいられない。

葉は、花よりどうしても軽んじられる。荷風は桜の花にもおとらない木々の葉の色づくさま、落ちるさまを説得力こめて歌う。どうも彼は、生まれたての世にも妙なる新緑の色が最も好きらしい。「緑潮の如く」という言葉に動きがあって美しい。木々の緑をゆすって通る風さえ感じられる。新緑の無限の濃淡に音楽を感じる「緑の管弦楽」という比喩は忘れがたい。これ自体がちいさな輝く詩のようである。

山国に育った人とも、森をよく知る人ともまたちがう、荷風は緑の詩人である。花の詩人というよりも、彼は独特の木の葉の詩人である。

机辺の記

大正十三年、一九二四年十一月に「女性」に発表された随筆である。そののち春陽堂刊行の『荷風文稾』と、青燈社刊行の『机辺之記』の二種の単行本におさめられた。いささかの異文がある。序文につづいて愛する身辺の四つの文房具について述べる文章のうち、「墨斗」をのぞく三つをかかげる。

つくゑ

いつの頃よりありしとも知れずわが家に小《ちい》さき古づくゑ一脚あり。作りし木は桐にあらず、桑にあらず欅《けやき》にもあらねば、黒柿紫檀《したん》のたぐひにては固《もと》よりなし。大きさ美濃紙一枚ひろげたるほどにて、引手なき引出しをつけたり。むかし儒者の小児に大学論語の素読なぞ教ふる時用ひしつくゑなりとか。その大さより思ひ見ればさもあるべし。われ猶《なお》母上の膝に抱かれし頃、この小机常に針箱とならびて母上が居間の片隅に置かれたりしをよく見覚えゐたりしかば、年月多く過ぎて後、父は蚤《はや》く館舎を捐《す》て、母上もまた舎弟《しゃてい》と共にわが住める家には居たまはずなりける或年の夏なりき。土蔵の古道具とりかたづくる折から、ふと長持《ながもち》のうしろにかの小机あるを見て懐しさのあまり塵《ちり》打ちはらひて書斎に持ち来るに引出しの底すこし蝕《むし》ばみしのみにて、釘もゆるまず脚もたしかにして猶用《もちい》るに足るべきさまなり。試に物かきみるに美濃紙一枚のべし程の大さなれば、硯函《すずりばこ》載せ臂《ひじ》つくべきやうはなけれど、墨斗《ぼくと》を文鎮《ぶんちん》になして二ツ折の半紙に草稿の走りがき、却て物多く載せたる唐机の大きなるにも優りたり。薗八一中節《そのはちいっちゅうぶし》なぞの稽古本開きのせ絃《げん》を弾ずるにはいよ〳〵便なるを知りしかば、その日より朝夕いぼたの粉にてふき磨き、抽斗《ひきだし》の底板の蠹《きくいむし》を防がんとて、兼て儲《たくわ》へ持ちたる江戸時代の古き千代紙さがし出して手づから貼りしは大正五六年の頃にやありけむ。冬の日の短く家の内早くたそがるゝ時は、書冊を片手にこの小机を窓の下に移し、秋の夕日の檐《ひさし》裏くゞりてさし込む折には、団扇《うちわ》と共にかろ〳〵と床の間のかなたに持ち行くなぞ、読書に述作に、この小机の便宜かぎりなければ、これまで用ひゐたる桐の机は文房具と書冊とを積み畳ぬる書架にもひとしく、それに凭《よ》りて墨摺《すみす》ることも漸く罕《まれ》になりて、かの腕くらべおかめ笹なぞいふ卑著専《もっぱ》らこの小机の上にて成りしも、いつか又十年に近きむかしとなるからに、あはれやわが古机汝《なんじ》も老ひたりと、山東庵が主人なりせば夷《えびす》歌の一首も題せらるべきに、その才なきおのれはいつも〳〵唯気の毒なる顔つきして臂ついてのみ居るも是非なし。

置物

西洋遊学のかたみにとてかの国より携へ帰りしもの、図書を除きて、いまわが家に残れるは亜《ア》墨利加《メリカ》にて埃及《エジプト》行商人より購ひしＳＰＨＩＮＸ《スフィンクス》の置物と、里昂《リヨン》の町にてもとめし一竿の杖との二つのみ。西暦一千九百四年米国ミズリ州聖路易《セントルイス》に万国博覧会開かれし時、諸国の見世物看板をつらねしパイキ町と呼べる雑閙《ざつとう》のちまたにて、土耳古《トルコ》帽戴きし色黒き行商人、素焼の小さき埃及《エジプト》人形を路の傍にならべ、おぼつかなき英語もて大なるは一駄刺《だら》小さきは五十仙《セント》、埃及の国はナイルの河泥《つち》にてつくりし人形、皆様お土産に召しませ召しませと呼びゐたりしを、立ちとゞまりて手に取りしがまゝ購ひ帰りて、旅葛籠《たびつづら》の中に押込み、世界の旅路をあちこちと持運びしかど、不思議にこわれもせず、やがて幾年の後つゝがなく故郷の家の机上に載せられたり。固《もと》より価《あたい》いやしき玩《もてあそ》びものなれば、旅商人の言ひしが如く果して埃及の国ナイルの河土にてつくりしものなるや否や知るべくもあらず。初は白らけたる石灰色の更に風致とてもなかりしが、いつとはなく机上の塵《ちり》にそみ、筆さきの墨にまみれしを、幾度となくつやぶきんにて拭ひつ磨きつする程に、今は象牙彫《ぞうげぼり》の古器にも見まがふべき光をも帯び来れるものから、荷風書屋机上の珍品と尊ばれて主人が愛玩《あいがん》年と共にいよ〳〵深し。

水盂

東京のまんなか日本橋の大通に沿ひその東裏なる楓河岸《かえでかし》との間に一条の街路あり。東仲通と称す。南は白魚河岸《しらうおかし》に至り、北は四日市の南岸に達す。この間七八町左右の店舗は古衣商にあらざれば骨董店《こつとう》なり。陶器師が家にあらざれば指物師《さしものし》の家なり。大経師にあらざれば袋物商なり。繍《ぬいとり》模様の裲襠《うちかけ》は加賀友禅の小袖とゝもに老舗が軒のその風にひるがへり、遠州好《えんしゆうごのみ》のつくばひ石は青銅の春日燈籠《かすがどうろう》とならびて、往来の打水に蘚苔《せんたい》の色を誇れり。好事家《こうずか》が日和《ひより》下駄の音は遠征耽奇《たんき》の洋人が靴の響に交つて、せつき師走《しわす》もこの町ばかり不景気を知らざるは実に風雅の徳の致すところにして、或人の戯《たわむれ》にこの町を呼んで青天の博物館といひしも可笑《おか》し。十年前われ戯《たわむれ》に三味線弾ぜし頃、紙入、たばこ入、また矢立《やたて》のたぐひを好み、わが雅号にちなみて蓮《はす》の意匠あるものを択《えら》み蒐《あつ》めむとて、いづこの往きにも還りにもこの町を過ぎざる日とては罕《まれ》なりしかば、いつか両側の店のもの供知るも知らぬもわが顔を見覚えて、軽く辞儀するものもある程になりけるが、年と共に世のありさまの変り来りて、電車の通ふ日本橋の表通には荷車のゆきゝを禁ぜしより、博物館の廻廊にもたとへられし仲通は荷馬車の通路となり、馬《ば》糞《ふん》畳々《じょうじょう》として内藤宿の駅路に異ならず、貨物自働車の地ひゞきには店頭の古器も、棚の達磨《だるま》と共に墜《お》ちて砕け、溝より深き轍《わだち》のあとに踏込んでは、八幡黒《やわたぐろ》の横鼻緒もぷツつり断れて足を挫《くじ》く危さに、雅客《がきゃく》の影も日に日に絶えがちとなりし折柄、俄然一夜の火災に家も宝も皆灰となり、年久しき東仲通の繁昌も亦《また》むかしがたりの数に入りしと思へば、こゝにこの机辺の記をしるすに臨みて、吾が筆を洗ふ荷葉《かよう》の筆洗、藕花《ぐうげ》の水盂《すいう》も、秋晴のあした、春雨の昼下りに皆かの町を歩みし形見と思ひ起して、かくはこゝに書添へたり。

文房具。これに凝り、数奇をきわめることは文人のたしなみである。

荷風の父もそうだった。漢詩人として文房具は中国のものだけを選んだ。荷風がフランス文学者として最も影響されたアンリ・ド・レニエもそうだった。愛用の文房具についてレニエがいとおしげに語る、『ウエニス物語（ヴェネチア素描）』については荷風自身、この随筆の序文で敬意をささげている。

城館に住まう貴族の末裔レニエにならうなんて、わびしい小家で書く自分にはできない。しかし古今東西、貴賤を問わず、書く道具にこだわるのは「文雅をよろこぶ心」のあかし。「わが荷風書屋」にもその意味では、いささか愛着ある文具あり、とまず机について物語る。

むかし――自分がまだ母のひざに抱っこされていた頃から実家にあった小さな机。母上の部屋のすみに、針箱とならんでちんまり存在していた。読む者はまず、ここにじーんと来る。ほのかな母恋いがにじむ。

父が亡くなり、母も荷風の放蕩につきあえなくなって、弟の家に去った夏。土蔵をそうじしていたら奥から出てきた。文句なく幸せだった幼年時代からわたくしを知る小机よ、なつかしい、とさっそく使ってみたら、大きくないのがいい感じ。半紙を二つに折って、さらっと書ける。立派な机より気楽で筆がさらさら走る。

軽いから、家のなかのどこへでもひょい、と運んで好きな場所で書けるのもいい。この机で荷風は、なまめかしい花柳小説「腕くらべ」や「おかめ笹」を執筆したのだという。

本の整然とならぶ書斎や、いかにもさあ書けと迫る革張りの大きな肘掛け椅子などは、苦手な荷風である。夏の日差しを避けて家の奥や、冬日の明るい窓の下で、季節にあわせて臨機応変に移動し、書いていたのだということが解る。キッチンライターでありガーデンライターである。

ちなみに荷風の重んずるレニエの小説『生きている過去』では、ロココ風のアンティーク机が浪漫のたいせつな鍵となる。二重になった机の引き出しから先祖の秘めた恋文が発見され、過去と現在を往還する神秘な恋が始まる。そんなことも思い出して机を抱きかかえて運び、机に寄りかかる荷風のすがたが偲ばれる。

机の次は置物。アメリカ、フランスから荷風が持ち帰ったのはおもに本で、その他はアメリカのセントルイス万国博覧会で買ったスフィンクスの置物と、フランスのリヨンで入手したステッキだけだという。

スフィンクスはいかにも安物である。トルコ帽をかむった行商人が、大きいのは一ドル、小さいのは五十セント、エジプトのナイル大河の泥土で焼いたものだよ、と呼びこんでいたのを買った。どうせすぐに壊れるだろうと思ったのに、船旅にも汽車旅にも耐えて日本に到着した。以来、机に置いている。今やふしぎと象牙にも劣らぬ艶と風格が出てきた。

荷風はあこがれのフランスにも実はかすかに失望していた。ある意味ないものねだりであるが、滞在してみるとこの遊びと芸術の国にさえ、二十世紀を支配する合理主義と殖産興業の臭いが染みとおる。

もっと古い文化が幅をきかせる国、人間の原始の情熱の燃える暑い国、暑くて怠けるしかない国へ行きたい——それは南だ。南仏か、イタリアかスペインか、それでもだめだ、エジプトか——。まだ見ぬエジプトに焦がれる若い荷風は、にせ物安物とわきまえながらも、ナイル河の産物との掛声に思わず買ってしまったのだろう。

それにしても、荷風の机にちょこんとスフインクスがすわり、江戸の戯作者を主人公とする小説の書かれる紙面などを見ていたのかと思うと面白い。

さいごは水入れ、小さな水滴。筆で書く荷風には、筆の汚れを洗う小壺とともにたいせつな文具だ。じつは自身のペンネームにあやかる蓮の花の形をしている。筆洗いの小壺にも蓮の葉が描かれる。

若かった十年前、三十代なかば。慶應義塾文学科教授も辞任し、世の中に逆行して江戸趣味にふけっていた。浅草や築地に仮住まいしていた。その時しきりに遊んだ楽しい場所が、日本橋の大通りの裏手に一すじ伸びる東仲通りだった。知る人ぞ知る、ここを「青天の博物館」という。なまなかの博物館より貴重なアンティークが白日のもとに売り立てられる骨董街なのだ。

ここで江戸の人形や古いきもの布、古書を買っていた。若い荷風は青天の博物館をしきりに見あさり、可憐な小さなモノを通し、失われた過去をしのんでいた。通りの左右はすべて骨董店で、足しげく来る荷風を店員たちは見知って、荷風があるくと挨拶するほどだった。

ああ、しかし十年の時の流れはすさまじい。この通りには、日本橋の大路には入れない進入禁止の荷物を満載した馬車、つづいて自動車が廻りこんで走るようになった。馬の落とすウンコにへきえきし、車の騒音に客も減り、ついで関東大震災の炎がここを破壊した。のどかな楽しい場所はどんどん減ってゆく。わずかに机の文具に、胸ときめかせて初々しく骨董探しをした時間を想うのみである——。

「青天の博物館」というニックネームがすばらしい。市井の随所に江戸のかたみが生き残っていた空気が匂う。骨董をもとめて欧米人も来ていた。ふしぎに国際的なざわめきも伝わる。さいごの「秋晴のあした、春雨の昼下がりに」という言葉が、今は消えた場所を恋う哀愁を響かせる。

彼の日記「断腸亭日乗」にも、愛用のこの水滴と筆洗いの小壺のスケッチが描かれている。昭和七年三月の項。お手製の原稿用紙を照らすランプのそばに、筆立てやすずり、水差しといっしょに並べられている。とくに蓮の花の水入れ容器、すなわち水滴が愛らしい。ごく小さい。花びらの真ん中にしべが立つ。ここをつまむのだろう。荷風の筆名の由来は秘めて語らないけれど、かなり執着した名であったことが、机上の文房具にも如実にうかがわれる。

きのうの淵

昭和十年、一九三五年三月、「大和」に発表された随筆である。のちに随筆集『冬の蝿』におさめられた。二か所の抄出をかかげる。

わたくしは洒竹子《しゃちくし》とつれ立って茶屋の門を出で、その病院の門前でわかれた後、一人歩いて出雲橋をわたりかけると、今しがたまで座敷にいた富松《とみまつ》という芸者が、これも一人ぶらぶら歩いて来るのに出逢った。

「あら唯今は。」と言って富松は腰をかがめた。

「家《うち》はどこだえ。」

「向うの仲通りですの。寄っていらっしゃいまし。」

「じゃその辺まで……」

言いながら一歩橋の上に進み出ると、町中の往来とはちがって水の上を渡ってくる川風の涼しさに、二人はおぼえず立留って欄干の上から水の流を見た。

その頃、わたくしは三十を越したばかり。左褄《ひだりづま》を取った潰島田《つぶししまだ》の女と連れ立って、夏の夜ふけの河岸通《かしどおり》を歩くのが、夢ではないかと思うほど嬉しくてならなかった時分である。殊《こと》に新柳《しんりゅう》二橋の妓《ぎ》に対しては小説的な憧憬《あこがれ》の情を持っていたので、出雲《いずも》橋をわたって真直に行けば、直ぐ銀座通に出てしまうのが残り惜しくてならなくなった。

「涼しいから河岸通《かしどおり》を廻って行こうよ。まだそう晩《おそ》くはあるまい。」と言って、橋を渡り尽すや否や、三十間堀《さんじっけん》の河岸へまがると、女もそのまま黙ってわたくしの行く方へ歩みを移した。

河岸通の二階家は大抵明治初年に建てられた煉瓦《れんが》造りで、アーチの陰に出入の格子戸をつけたものが多かった。そして軒先の燈火《あかり》にはまだ石油のランプを用いた家があったので、道の暗さは、たまたま行きちがう人の顔さえ見定められぬほどであった。自動車は無論のこと、自転車の鈴の音も聞えない。二階の葭戸《よしず》には明い火影のさしている家があっても、今日の花柳界のように馬鹿騒ぎをする酔客の声がしないので、夏の夜はまだ十二時にならぬ中《うち》から、しんと静まり返って、ただ遠く町を流して行く新内の連《つれ》びきが聞えてくるばかり。わたくしは路端《みちばた》の犬に吠えられるのを恐れ、跫音《あしおと》を忍ばせながら、やがて新橋の方へ曲ろうとする角から二三軒手前の家の門口を通りかけた時であった。薄暗い軒下に涼台《すずみだい》を出して、独酌しながら団扇《うちわ》をつかっていた人が、

「おや、今晩は。」と富松の姿を見て挨拶をした。

「あら、親方。先日はどうも。用事をつけてちょいと家へ行っていたもんで、すみません。」と何やら富松が言訳をしている中、勝手口から出て来た女中が、わたくしの姿を見てお客だと早呑込みをしたらしく、「さア、どうぞ。」と腰をかがめて外から格子戸を明けた。

その頃新橋の茶屋へは、人から招待されるばかりで、わたくしはまだ自分一人の顔で心易く

上る家は一軒も知らなかった。それのみならず、わたくしはまたその夜この富松という芸者と、二人ぎり差向いになって、しんみりした話がして見たくてならなかった矢先である。女中が格子戸を明けてくれたのを天の佑《たす》けと思って、「じゃ、ちょっとお茶でも飲んで行こう。」と富松をさそい、そのまま、女中に案内されて二階へ上った。

石燈籠に火を入れた、三坪ほどとも言いたげな中庭を見下す六畳の一間に坐った時、わたくしは床の間に柴田是真《ぜしん》のかいた西瓜《すいか》の茶掛と、鴨居《かもい》の額に三代目広重の筆らしい柳に人力車の淡彩画を見て、今まで招かれた新橋の茶屋にはいずこにも明治の元勲か何かの書幅が掛けてあったのに比べて、ここは全くその趣味を異《こと》にしているのを非常に嬉しく思った。後になってあまりいい芸者の這入る家ではないと、人から注意されたがわたくしは気楽なことを第一にして土地での格式などは気に掛けなかった。

三四度逢った時、富松は問わず語りに身の上の話をしたが、わたくしはその話で、図らずも一時この芸者の良人《おっと》であった人が、鶯亭金升《おうていきんしょう》さんの門に入り筆札《ひっさつ》や雑俳都々一《ざっぱいどどいつ》などを学んだ事があったので、同門の小山内さんや左団次さんとも自《おのず》から交遊のあった事を知った。富松は曾《かつ》て浅草伝法院裏門前の広い通の東側に在った□□屋という呉服屋の一人娘であった。その父は芝居好きの道楽者で、娘を吉原の引手茶屋《ひきてぢゃや》に預け、半玉《はんぎょく》のなりをさせておき、自分が遊びに行く時には仲《なか》の町《ちょう》の芸者を大勢呼んで、半玉姿の娘に踊をおどらせて喜んでいたそうである。娘は十七の時まで廓にいて、父の店へ帰って来てから聟養子を迎えたが、この人が養父に劣らぬ道楽者で、茶の湯や俳諧を学び、又高島屋贔屓《びいき》の莚升連《えんしょうれん》という連中見物《れんじゅうけんぶつ》の世話人をしているという有様なので、数年ならずして店はつぶれてしまって、家付の娘は新橋の芸者になり、聟は実家の厄介、父は入谷の裏長屋に引込んで古着屋になり下った。夫婦の間には女の児があって、一時良人の方へ引取られていたが、富松はその後妹のように云いこしらえて芸者家の二階に引取った。

古着屋になった父は零落しても昔の芝居好きは止まず、折々芸者家へ小遣をねだりに来る時も、「おれの頭の禿《は》げぐあいは、どうだ。五代目そっくりだろう。」と反身《そりみ》になって声色《こわいろ》を使ったりして人を笑わせていた――ですからほんとに困ってしまうんですよ。家のチャンにも――と富松はその身の不幸を語りながらも、別に悲しい面持はせず、かえって軽い爽かな調子で、小遣をねだる時の父の身振や語調を、そのまま真似て見せたりするのであった。

わたくしは江戸ッ児の性情には、滑稽諧謔《こっけいかいぎゃく》を好むくせがあって、悲境に沈んだ時にはこの癖がかえって著しく現れて来るらしい事をたしかめた。富松は三代つづいて浅草に生れた江戸ッ児であった。その後心易くなるにつれ私はたびたび芸者家まで尋ねに行った事もあったが、火鉢の縁に頬杖をつき襦袢《じゅばん》の襟に頤《おとがい》を埋めている様な、萎《しお》れた姿を一たびも見た事がなかった。

あくる年、四十三年の秋、富松は客に落籍《らくせき》せられて赤坂新町に小料理を出したが、四五年にして再び芸者になり、初めは赤坂、次は麻布、終りに新橋へ立戻ってから一二年の後、肺を病んで死んだ。それは大正六年の夏の頃の事であった。わたくしは一時全く消息を知らなかったのであるが、ある日清元のさらいで赤坂の者から一伍一什《いちぶしじゅう》のはなしを聞き、又その墓が谷中三《さん》崎町《さきまち》の玉蓮寺《ぎょくれんじ》に在ることをも聞知り、寺をたずねて香花《こうげ》と共に、

昼顔の蔓《つる》もかしくとよまれけり
の一句を手向けた。

本題もそうであるが、『すみだ川』『浮沈』など荷風には、水の流れと動きにかかわる作品名がめだつ。川の絶えず流れるさま、水勢に翻弄されて動く花や葉やごみ芥《あくた》にさえ、時代と運命に流される人間のいのちを見て取っていたのだろう。

この随筆はフランスから帰ってまもなく、父母とともに完成したばかりの日本初の白亜の西洋式劇場、有楽座へ行った思い出からはじまり、新橋から歌舞伎座かいわいを築地川に並行して流れていた三十間堀川にまつわる若い日々の遊びの思い出が、水泡めいて次々に浮かんでは消える形をとる。

燈火まばゆい有楽座では、少年のころから師事する巖谷小波先生の紹介で、劇場の立役者・小山内薫に会い、洋画家の黒田清輝や、パリですでに知遇をえた英文学者にして名翻訳家の上田敏にも会った。――今はもう誰もこの世にはいない。日本に新劇を広めるべく建てられた真新しい有楽座も短命だった。関東大震災で燃えた。

有楽座近くの木挽町はまた、夜遊びの記憶でなつかしい。想い想われて夢中だった芸者の富松と親しくなったきっかけも、木挽町の夏の夜である。いっしょに茶屋に招かれた親友の井上唖々《ああ》が酔っ払って寝てしまったので置き去りにし、荷風は一人ぽくぽく三十間堀川のもっとも新橋寄りにある出雲橋を渡りかけていた。そこへ夜目にもいい女。さっきまで茶屋のお座敷でいっしょだった富松だ……!

一流の遊び場の柳橋と新橋は、荷風のあこがれだった。新橋芸者と連れだって二人きりで歩くというだけで、若い荷風は嬉しくてどきどきする。富松が見知りの茶屋から声をかけられたのを弾みに、荷風は彼女をその中へ誘うことに成功する。

人のこころを華やがせる初夏の川風も、荷風に味方してくれたのだろう。茶屋の男主人がうちわを片手に、店の前に出した台にすわって涼む情景がいかにも川の町らしい。

富松はその容姿といい、江戸前の気っぷといい、数奇な生い立ちといい、荷風の理想の女性だった。ゆたかな呉服屋のお嬢さまで、父のこのみで吉原遊廓で芸を仕込まれた。半玉、つまり芸者見習いの可愛い少女の身なりで踊って父を喜ばせた。もうそんな話を聞くだけで荷風は、おきゃんで生意気でうんと可憐な少女時代の富松に恋してしまったのではないか。

倹約や勤労とは無縁な富松の家の気風。そのために家は落ちぶれ、娘は染めなくてもいい浮き草稼業に身を染めた。しかし、さほど気にしない。おろかな親を責めず、さっぱり朗らかに生きる。

彼女も短命だった。荷風と別れてほどなく死んだ。人に聞くまで荷風は知らなかった。高価な花とはちがい、支えなく空にあてどない線を伸ばす昼顔のつるを思わせる女性だった。淡く優しく逝った彼女の人生に、花とともに一句をその墓石に供えた。

震災前、三十間堀の河岸通の事を思起すと、出雲橋のほとりに中村屋という船宿《ふなやど》の在った事を語らねばならぬ。橋の下にむかしのままの屋根船がつないであったのを珍しく思って、わたくしは心易い芸者に案内して貰って、一夜その家の客となった。店口から表二階の様子、廊下で中庭を取囲んだ家造《やづく》りまで、すべて築地辺の堂々たる門構《もんがまえ》の茶屋とはちがって、いかにも明治初年の風流を思起させる家であった。しかし二三度行く中、わたくしが筆を持つ家業の者である事を知って、この家《や》の主人《あるじ》は芸者を介してわたくしの来ることを拒絶した。芸者のはなしによると、画かきと文士とはお客にしない定めであるとの事であった。わたくしはこれを聞いて別に腹も立てなかった。屋根船を持っている家だけに、その主人は文士や新聞記者をいつまでも正しい世渡りをするものだとは思わなかったに相違ない。とにかく客を断る意気込は大《おお》いに嘉《よみ》すべきものとなした故である。この中村屋と相対して木挽町《こびきちょう》の河岸通りには山崎屋の店先に古風な行燈《あんどん》のかけてあったのが当時の事を思出すと、今も目に浮んでくる。この家も昔風に大きな炉が帳場の板の間に切ってあった様子から、やはり文士や画工はお履物《はきもの》にする方であったらしい。

狐鰻《きつねうなぎ》という、河岸通《かしどおり》の名高い鰻屋は、その頃には骨董品の陳列場になっていた。「何て間《ま》がいいんでしょう。」という言葉の流行したのも、その頃（四十二三年）のことであった。「とても」という言葉が本来の意と全く異《ちが》って「大そう」とか「甚《はなは》しく」とかいう意に用いられ出したのはそれより後《のち》大正の代《よ》になってからであろう。芸者が客の前で巻煙草を吸ったり懐中鏡を出して顔を直したりするのを、にがにがしく評する者のあったのも、今日になってはかえつて懐旧の興がある。遊芸諸流の家元から、芸者が女師匠のような芸名を貰うことを見得《みえ》にするようになったのも、その頃から始った事で、通人《つうじん》はこれを見てかえって嘲笑したのである。茶屋の座敷に茶ぶ台を据えておく事は殆ど見られなかったが、今は風俗一変して膳の前にきちんと坐って盃を把《と》るような客は一人もない。膝を折って坐るのは袴《はかま》の襞積《ひだ》のむずかしい江戸時代の陋習《ろうしゅう》で、今は女子といえども鎌倉武士の如く胡坐《あぐら》をかくのを風紀にも健康にもよき事としているようになった。

今日の瀬に立つ時昨日の淵を思返すのも、まんざら浮世の波を越す時の心得にならぬとも限るまい。

たっぷり遊んだ人はいいなあ。年とって胸に反復する思い出がゆたかに波うつ。

この随筆も、いま現在遊びまくる男が書くものならば、興醒めだ。ああお金持ちでいいね、ああモテていいね、と読む凡人はつぶやきたくなってしまう。

全てうたかた。少年の頃からの親友も、敬愛する文学の師匠も大先輩も、長く濃くつきあった恋人も、いっときだけ縁あっていっしょに遊んだ茶屋のおかみや流しの芸人も茶屋を仕切っていた個性的な主人も、――全て死んだ。悠々と流れていた川さえ、埋め立てられて消えた。

だからいい。うつくしい廃墟を見るおもむきがある。荷風とならんで滅びた町の絵を見る感じがする。そういえば自分の好きだった人は今いずこ、と読者のわたくしたちも胸のなかの深い淵をのぞき見る。東京中が川だらけだったことも思い出す。何という地形の変わりようかと今さら茫然とする。荷風の文章が、忘れていた深い記憶をゆり動かす。

本作のさいごは、出雲橋のそばにあった古風な船宿の話。この宿から川に遊びの船を出す。向こう岸にも行燈のともる、いい趣きの船宿があった。川波にその明かりがゆれていた。遊ぶ荷風は目がいい。感覚がいい。真剣に全身で遊んでいる。彼が描く川べりのちいさな魅力的な影絵の家々に、私たちも入りたくなる。

消えては浮かぶ過去の時間をこえ、結びは荷風の生きるリアルタイムに戻る。昭和の風俗の崩れをひにくる舌峰で終わる。芸者も変わった。客も変わった。しかたがないか、今や男客どころか一般女子さえ正座などしない世の中だ。たしかに正座とは、はかまの布質が固くて座りがたい江戸の武士がくふうした、古ぼけてかっこ悪いしきたりであるに違いない――。

「陋習」という言葉がスパイシーで印象的である。陋、という漢字を冠すると、その語はたちまち卑下謙遜の色をまとう。自身をわざと低め、準備万端ととのえて皮肉をはなつ際の荷風の好む卑下語である。この場合は愛する江戸をわざとおとしめる。おとしめて、昭和のだらしなさを撃つ。荷風の随筆にはおそらくこの種の卑下語・屈折語がおおい。集めてみると面白そうである。

それにつけても水にかかわる儚い題名は、生きる営みを行く川の流れにたとえる鴨長明『方丈記』とあきらかに共振する。

荷風というと江戸文学の華美とのみ結びつけられがちだが、その意識は中世や和歌文学の無常の伝統へも伸びていた。太平洋戦争のおきた年には、戦いを好む世に背を向けて、新千載和歌集なども熱心に読んでいる。

恋の蜜、官能の焔

午すぎ

初版の『ふらんす物語』におさめられた散文詩である。とうじとして、異国の女性との共寝のなまめかしさを歌う本作は過激とみなされたのか、明治四十二年、一九〇九年の出版と同時の初版発禁を受け、一九一五年にあらためて刊行された新編『ふらんす物語』では他のいくつかの問題作とともに削除された。

戦後の昭和二十三年、一九四八年に刊行された中央公論社版『荷風全集』にて復元された『ふらんす物語』の中にようやく帰還した。明治大正と、長らく幻だった衝撃作である。全文をかかげる。

寝部屋は暗し。

燃ゆる煖炉の火は、薔薇《そうび》の色して、鏡の如く磨きたる寄木《よせぎ》の床板に映れり。窓掛《リドー》の間より、幽暗の微光たゞよふ。

東雲《しののめ》か。黄昏《たそがれ》か。

ポーレットは眠れり。吾《わ》があらはなる腕を枕にして眠れり。香《かぐわ》しき黒髪は夜の雲と乱れて、吾が肩の上に流れたり。豊かなる胸は、熟《み》りて落ちんとする果物の如く、吾が頰に垂れたり。鵞鳥《がちよう》の毛蒲団は半ば床《ゆか》の上に滑り落ちたり。吾等は纏《まと》ひ蔽《おお》ふものもなし。吾等が夢はあまりに暖く蒸《む》されたるなり。

物乞ひの歌ふ唄、ビオロンの調《しらべ》、窓の外に聞ゆ。二月の冬の日は、さらば雪にてはあらずと覚ゆ。

昨夜《ゆうべ》の暁近く舞踏場を出でしより、今日《きょう》は昼過るまでパンの一片をも口にせざりき。われは甚だ飢えたり。而《しか》も、臥床《ふしど》を去る能《あた》はず。夢あまりに心地よし。心あまりに懶《ものう》し。あまりに暖し。

われは閉《とざ》されたる、ポーレットが瞼《まぶた》の上に接吻せり。唇に触るゝ睫毛《まつげ》の戦《そよ》ぎは吾が全身を顫《ふる》えしめたり。香しき黒髪と優しき女の指をば歯にて噛《か》みぬ。

夜よ、とく来れ。美しき燈火の夜よ、とく来れ。吾は社会主義を奉ぜず。殊更に寒き夜を美酒に酔ひ、美女を抱きて、浮れ歩む事こそ面白けれ。

あゝ、アンジエロスの鐘聞ゆ。夕は来れり。

ポーレットよ。起きよ。覚めよ。

今宵《こよい》は如何なる帽子をや選ぶべき。駝鳥《だちょう》の羽飾りしたるは余りにこと〲し。絹天鵞絨《きぬびろうど》に白きダンテルの裏付けしシャルロツトぞよき。されど、胸広く乳を見せたる昨夜の衣《きぬ》をな換へそ。杯三度《た》び廻る時、色づく君が肌の見まほしければ。

起き出でよ。ポーレット。

夕の鐘頻《しきり》に鳴り、車の音大路を走れり。

いざ。起き出る前に、今一度《た》びの接吻《くちつけ》を。

むずむず、どうしても、むずむず。からだが目覚める。

それも道理か、じゅうぶんに寝た。ひどく暖かい。ぽっかり開いた瞳にまず入るのは薔薇色。よく磨かれたフローリングの床に反映する外の光だ。その光は明け方の空のはなつ色なのか、それとも暮れなずむ夕映えの色なのか——。東雲、黄昏という古風な時の名がひどく美しい。

印象派の絵のような色ではじまる。しかしさり気なく艶っぽい。時間の感覚が消えたということだ。それくらい、「寝部屋」で秘かに抱きあう共寝の快さに夢中になっていたということだ。

まず男が起きる。これは荷風の定番だ。わきでまだ深い眠りにしずむ女をつくづく眺める。名はポーレットなる異国の女性で、すっかり安心しきって眠るみだれ髪のゆたかなこと、悩ましい。

ああ、そして夜のはげしい動きに羽ぶとんもベッドから落ち、全裸の男と女はたがいに絡みあい、いや、どちらかというと男が女の麗しい乳房にあまえて頬をすりつけ眠っていたのだ。

なんとも若々しい春画で、今よむと荷風の筆の文語体に抑制がはたらき、品がいい。しかし昨夜ひと晩おどって酔いしれ、そのまま夜食もとらずに二人で密室の歓楽にふけるという構図が、日露戦争に勝って軍事大国をめざしていた日本では憎まれたのであろうか。ゆえに削除されたのであろうか。

冬二月。雪はまだだけれど凍てつく外からそこはかとなく、町の生活音のさまざまが聞こえてくる。作品にまず色が匂い、ついで音がひびく。

「アンジェロスの鐘」、すなわちカトリック国にて聖母マリアの受胎告知を記念して祈る夕を知らせる、鐘の音が鳴り渡るのもいい。この音には意味がある。聖母と娼婦の対照、そして禁欲を尊ぶ宗教に背を向ける二人の罪ぶかさを粋に暗示する。

二人は起きればただちに又も都会の歓楽のなかへ出てゆく。ポーレットよ、起きよ、そしてお前によく似あうあの、柔らかいビロードの生地のうらにイギリス製の純白のダンテル・レースを張った帽子を選ぶがよい。しかし酔えばほのかに紅に染まるお前の乳房をあらわに見せる昨夜のドレスは変えるな、と「われ」は命ずる。

まつ毛への繊細なこそばゆいキッスといい、女性の指を甘嚙みするふしぎな味覚といい、ワインに色づく乳房への視線の酩酊といい、驚くほど新鮮な人間どうしの醸す感覚がつづられ、しだいに読む者を微妙にヘンな気分にみちびく。三十歳の青年が異国の空の下ならでは、のびのびと歌う肉体の抒情詩である。

すみだ川

明治四十二年、一九〇九年十二月の「新小説」に発表された中篇小説である。二年後、荷風の盟友・籾山仁三郎のいとなむ籾山書店より刊行された小説・戯曲集『すみた川』の巻頭におさめられた（奥付は『すみだ川』）。四か所の抄出をかかげる。

一しきり残暑の夕日が真夏のそれよりも烈しく、ひろびろした河面《かわおも》一帯に燃え立って、殊更に大学の艇庫《ていこ》の真白なペンキ塗の板目に反映していたが、忽《たちま》ち燈《ともしび》の光の消えて行くように、あたりは全体に薄暗く灰色に変色して来て、満ち来る夕汐《ゆうしお》の上を滑って行く荷船の帆のみが真白く際立った、と見る間もなく初秋の黄昏《たそがれ》は幕の下るように早く夜に変った。流れる水がいやに眩しくぎらぎら光り出して、その上に浮ぶ渡船と、乗っている人の頭の一ツ一ツまでを墨絵のように黒く染め出した。堤の上に長く横わる葉桜の木立は、此方《こなた》の岸から望めば恐しいほど真暗で、一時は面白いように引きつづいて動いていた荷船はいつの間にか一艘残らず、上流の方に消えてしまって、鉤《つり》の帰りらしい小舟がところどころ、木の葉のように浮いているばかり、見渡す隅田川は再びひろびろとしたばかりか、静に淋しくなった。遥か河上の空のはずれに夏の名残を示す雲の峰が立っていて、細い稲妻《いなづま》が絶間なく閃めいては消える。

長吉は先刻《さっき》から一人でぼんやりして、或時《あるとき》は今戸橋《いまどばし》の欄干に凭《もた》れたり、或時は岸の石垣から竹屋の渡場へ下りて見たりして、夕日から黄昏、黄昏から夜になる河の景色を眺めていた。今夜暗くなって、人の顔がよくは見えない時分になったら、今戸橋の上で、お糸に逢う約束をしたからである。しかし丁度日曜日に当って夜学校を口実にも出来ないので、夕飯を済すと直ぐ、まだ日の落ちぬ先からぷいと家を出てしまった。一しきり渡場へ急いだ人の往来も今では殆ど絶えて、橋の下に夜泊りする荷船の燈火《ともしび》が慶養寺《けいようじ》の高い木立を倒《さかさ》に映した堀割の水の上に美しく流れた。門口に柳のある新しい二階家からは三味線が聞えて、山谷堀《さんやぼり》に添う低い小家《こいえ》の格子戸外には裸体《はだか》の亭主が涼みに出はじめた。長吉はもう来る時分だと思って、一心に橋向うを眺めた。

最初に橋を渡って来た人影は黒い麻の僧衣《ころも》を着た坊主であった。つづいて尻はしょりの股引《ももひき》にゴム靴をはいた請負師《うけおいし》らしい男の通った後は、暫《しばら》くしてから、蝙蝠《こうもり》傘と小包を提げた貧しい女房が日和《ひより》下駄で色気もなく砂を蹴立てて大股に歩いて行った。もういくら待っても人通りはない。長吉は仕方なしに疲れた眼を河の方に移した。河面は最前よりも一体に明くなって、気味悪い雲の峰は影もなく消えている。長吉はその時長命寺《ちょうめいじ》辺の堤の上の木立から、他分旧暦七月の満月であろう、赤味を帯びた大きな月の昇りかけているのを認めた。空は鏡のように明るいだけ、それを遮る堤と木立はますます黒く、星は宵の明星のたった一ツ見えるばかりで、その他は尽《ことごと》く余りに明るい空の光に掻き消されて、横ざまに長く棚曳《たなび》く雲のちぎれが銀色に透通《すきとお》って輝いている。見る見る中《うち》に、満月が木立を離れるに従って、河岸の夜露をあびた瓦屋根や、水に濕《ぬ》れた棒杭、満潮に流れ寄る石垣下の藻草《もぐさ》のちぎれ、船の横腹、竹竿なぞが、逸早《いちはや》くも蒼く光り出して、忽ち長吉は自分の影が橋板の上に段々に濃く描き出されるのを知った。通りかかるホーカイ節の男女が二人「まア御覧よ、お月様。」と云って暫く立止った後、山谷堀の岸辺に曲って

書生さん橋の欄干《らんか》に腰打《うち》かけて——

と小家の前で歌ったが、金にならないと見たか歌い了《おわ》らずに元の急足《いそぎあし》で、吉原土手の方へ行ってしまった。

長吉はいつも忍会《しのびあ》いの恋人が経験するさまざまの掛念《けねん》や、待ちあぐむ心のいらだちの外《ほか》に、何とも知れぬ一種の悲哀を感じた。お糸と自分の行末……行末というよりも今夜会って後の明日はどうなるのであろう。お糸は今夜、かねてから芸者になるべく話のしてある芳町《よしちょう》の芸者家まで行って相談して来るという事で、その道中をば二人一緒に話しながら歩こうと約束したのである。お糸がいよいよ芸者になってしまえば、これまでのように毎日逢う事ができなくなるばかりでなく、それが万事の終りであるらしく思われてならない。自分の知らない如何《いか》にも遠い国へ帰る事なく去ってしまうような気がしてならないのだ。今夜のお月様は忘れられない。一生に二度見られない月だなァと長吉はしみじみ思った。あらゆる記憶の数々が電光のように閃めく。最初地方町《じかたまち》の小学校へ行く頃は毎日のように喧嘩して遊んだ。やがては皆から近所の板塀や土蔵の壁に相々傘をかかれて囃された。小梅の叔父さんにつれられて、奥山の見世物を見に行ったり、池の鯉に麩をやったりした。

三社祭《さんじゃまつり》の折には或る年お糸が踊屋台へ出て道成寺を踊った、町内一同で毎年汐干狩に行く船の上でもお糸はよく踊った。学校の帰り道には毎日のように待乳山《まっちやま》の境内で待合して、人の知らない山谷《さんや》の裏町から吉原田甫《たんぼ》を歩いた……。ああ、お糸は何故芸者なんぞになるんだろう。芸者なんぞになっちゃいけないと引止めたい。無理にも引止めねばならぬと決心したが、すぐその傍《そば》から、自分はお糸に対して到底それだけの威力のない事を思返した。はかない絶望と諦めを感じた。お糸は二ツ年下の十六であるが、長吉はこの頃になっては殊更に日一日と、お糸が遥か年上の姉であるような一種の圧迫を感ずる。いや最初からお糸は長吉よりも強かった。長吉よりも遥に憶病でなかった。お糸長吉と相々傘をかかれて皆なから囃された時でもお糸はびくともしなかった。平気な顔で、長ちゃんはわたいの旦那だよと怒鳴った。去年初めて学校からの帰り道を待乳山で待ち合わそうと申出したのもお糸であった。宮戸座《みやとざ》の立見《たちみ》へ行こうと云ったのもお糸が先であった。帰りの晩《おそ》くなる事をもお糸の方がかえって心配しなかった。知らない道に迷っても、お糸は行ける処《とこ》まで行って御覧よ。巡査《おまわり》さんにきけば分るよと云って、かえって面白そうにずんずん歩いた……。

あたりを構わず、橋板の上に日和下駄の歯を鳴す響がして、小走りに、突然お糸がかけ寄った。

「おそかったでしょう。気に入らないんだもの、母さんの結《い》った髪なんぞ。」と馳け出したためにに殊更ほつれた鬢《びん》を直した。そして、

「おかしいでしょう。」

長吉はただ眼を円くしてお糸の顔を見るばかりである。いつもと変りのない元気のいいはしゃぎ切った様子が、この場合寧ろ憎《むし》らしく思われた。芸者になって、遠い下町へ行ってしまうのが少しも悲しくないのかと長吉は云いたい事も胸一ぱいにつかえて口には出ない。お糸は河水を照す玉のような月の光にも一向気のつかない様子で、

「早く行こうよ。私お金持ちだよ、今夜は。仲店でお土産を買って行くんだから。」とすたすた歩きだす。

「明日、きっと帰るか。」長吉は吃《ども》るようにして云い切った。

「明日帰らなければ、明後日の朝はきっと帰って来てよ。普段着だのいろんなものを持って行かなくっちゃならないから。」

待乳山の麓を聖天町《しょうてんちょう》の方へ出るために、細い露地をぬけた。

暮れなずむ橋の上で待ち合わせ。

長吉は十八、お糸は十六。今まで何度こうして秘かに会ったかわからない。長吉の方がいつも人目を気にしてどきどきしていた。お糸の方が度胸があった。

恋するこころの深い方がもちろん先に待つ。今もひとり不安に長吉は待つ。今戸橋の上から見る八月終わりの空の色、水の色、しだいに消えてゆく船のようすも妙に胸にしみる。しずかに汐はみちる。はるか彼方にぶきみな雲の峰が発生し、そこに「細い稲妻」がきらめくのが、純で可憐な恋のあやうい未来を思わせる。

すみだ川は今まさに暮色――。

初めから予期していた事であるから、長吉は黙って首をたれて、何かにつけてすぐに「親一人子一人」と哀《あわれ》ッぽい事を云出す母親の意見を聞いていた。午前稽古《ひるまえ》に来る娘連が帰った後、午過には三時過ぎてからでなくては、学校帰りの小娘の群はやって来ぬ、今が丁度母親が一番手すきの時間である。風がなくて冬の日が往来の窓一面にさしている。折から突然、まだ格子戸をもあけぬ先に、

「御免なさい。」という華美《はで》な女の声。母親が驚いて立つ間もなく、上框《あがりかまち》の障子の外から、

「おばさん、わたしよ。御無沙汰しちまって、お詫びに来たんだわ。」

長吉は顫《ふる》えた。お糸である。お糸は立派なセルの吾妻《あづま》コートの紐を解き解き上って来た。

「あら、長ちゃんも居たの。学校がお休み……あら、そう。」それから付けたように、ほほほほと笑って、さて丁寧に手をついて御辞儀をしながら、「おばさん。お変りもありませんの。ほんとに、つい家《うち》が出にくいもんですから、あれッきり御無沙汰しちまって……。」

お糸は更紗の風呂敷につつんだ菓子折を出した。長吉は呆気《あっけ》に取られたさまで物も云わずにお糸の姿を見まもっている。母親も一寸烟《けむ》に巻かれた形で、進物《しんもつ》の礼を述べた後には、「うつくしくおなりだよ。すっかり見違えちまったよ。」と云った。

「いやにふけちまったでしょう。皆そう云ってよ。」とお糸は美しく微笑んで解けかかった黒縮緬《ちりめん》の羽織の紐を結び直したついでに帯の間から煙草入を出して、「おばさん。わたし、もう

煙草呑むようになってよ。生意気でしょう。」

　今度は高く笑った。

「此方《こっち》へおよんなさい。寒いから。」と母親のお豊は長火鉢の鉄瓶《てつびん》を下して茶を入れながら
「いつお弘《ひろ》めしたんだえ。」

「まだよ。このお正月するんですって。」

「そう。お糸ちゃんなら、きっと売れるわね。何しろ綺麗だし、ちゃんともう地は出来ているんだし……。」

「おかげさまでねえ。」とお糸は言葉を切って、「あっちの姉さんも大変に喜んでたわ。私なんかよりもっと大きな癖に、それァ随分出来ない娘がいるんですもの。」

「この節の事《こッ》たから……。」お豊はふと気がついたように茶棚から菓子鉢を出して、「あいにく何にも無くって……道了《どうりよう》さまのお名物だって、鳥渡《ちよつと》おつなものだよ。」と箸でわざわざ摘《つま》んでやった。

「お師匠《ツしよ》さん、こんちは。」と甲高な一本調子で、二人づれの小娘が騒々しく稽古にやって来た。

「おばさん、どうぞお構いなく……。」

「なにいいんですよ。」と云ったけれどお豊はやがて次の間へ立った。

　長吉は妙に気まりが悪くなって自然と顔を俯向《うつむ》けたが、お糸の方は一向変った様子もなく小声で、「あの手紙届いて。」

隣の座敷では二人の小娘が声を揃えて、嵯峨《さが》やお室《むろ》の花ざかり。長吉は首ばかり頷付《うなづ》けても、いじもじしている。お糸が手紙を寄越したのは一の酉《とり》の前時分であった。つい家が出にくいというだけの事で。長吉は直様《すぐさま》別れた後の生涯をこまごまと書いて送ったがしかしその待ち設けたような、折返したお糸の返事は遂に聞く事が出来なかったのである。

「観音さまの市だわね。今夜一所《いっしょ》に行かなくって。あたい今夜宿《とま》ってッてもいいんだから。」

長吉は隣座敷の母親を気兼して、何とも答える事ができない。お糸は構わず、

「御飯たべたら迎いに来てよ。」と云ったがその後で、「おばさんも一所にいらッしゃるでしょうね。」

「ああ。」と長吉は力の抜けた声になった。

「あの……。」お糸は急に思出して、「小梅《こうめ》の伯父さん、どうなすって。お酒に酔って羽子板屋のお爺さんと喧嘩したわね。何時《いつ》だったか。私怖くなッちまッたわ。今夜いらッしゃればいいのに。」

お糸は稽古の隙を伺ってお豊に挨拶して、「じゃ、晩ほど。どうもお邪魔いたしました。」と云いながらすたすた帰った。

荷風文学のなやましい大人の色事も、ういういしい少年少女の恋も、ひとしく季節模様にあわせ、種々に曲折しうつろう。

小学校のときから同級生に仲のよさをからかわれていた、幼なじみの二人。顔を赤くしながらも

長吉は決めていた、お糸は永遠の恋人であると。お糸も決めていた、「長ちゃんはわたいの旦那だよ」と。

ところが晩夏の稲妻きらめく橋で逢ったときから、どうもお糸のようすが変わった。せんべい屋の家がさして困っているわけではないけれど、はなやかで芸事の好きなお糸は世話する人があって、芳町の松葉屋という家から芸者として出ることが決まった。

好きな踊りをして、綺麗なきものを着て、周りからちやほやされて……。おきゃんな少女には芸者のすてきな面しか見えていない。大人の世界のお姫さまに自分もなるのだと憧れている。

長吉は好き。でもちょっと子どもくさい。もっと胸ときめく未知の世界に顔が向く。夏もすぎ冬も暮れ、歳末になって松葉屋から久しぶりで実家の今戸に帰ってきたときは、ずいぶんお糸の外見もこころも変化していた。それがよく表われる名場面である。

長吉の父は早く亡くなり、遊び好きで勘当された兄の代わりに婿取りして実家の質屋を継いだ母は、明治維新の大変動で破産し、今は娘時代のおけいこで鍛えた常磐津の師匠をして長吉を中学校にやっている。

彼を大学生にするのが母の夢。しかし長吉は神田の中学校が大嫌い。絵と習字は得意であるが、学校で大きな顔をするのは柔術や数学のできるマッチョな学生で、感じやすい繊細な男の子には居場所がない。ほんとうは常磐津を習いたい。

それに対して女の子のお糸は、するする好きな場所を見つけて大人の世界に入ってゆく。歳末の久しぶりの里帰りも一種の凱旋で、わざと他人行儀なあいさつをして長吉を哀しくさせる。まるで浮世絵の名妓のように、煙草を吸って一人前の花街の女を気どる。

わたくしたちが読むと、お糸の煙草はまるで板につかず、女の子がお母さんのおしろいで化粧して遊ぶようなあどけなさがある。でも長吉はこの幼い媚態にすっかりだまされる。ああ、もうお糸は自分のような中坊なんか相手にしないんだな、と思う。おおいに哀しむ。

好きな男を哀しませたいのが少女の本能ではないか、長吉よ、しっかりせいと背中をどやしつけたくなる。しかたない。これが恋である。初恋である。


午後《ひるすぎ》から亀井戸の龍眼寺《りゅうがんじ》の寺内《じない》で連歌の会があるというので、蘿月《らげつ》はその日の午前に訪ねて来た長吉と茶漬をすました後、小梅の住居から押上の堀割を柳島の方へと連れだって話しながら歩いた。堀割は丁度真昼の引汐で真黒な汚ない泥土の底を見せている上に、四月の暖い日光に照付《てりつ》けられて溝泥《どぶどろ》の臭気を盛に発散している。何処からともなく煤烟《ばいえん》の煤《すす》が飛んで来て、何処という事なしに製造場の機械の音が聞える。道端の人家は道よりも一段低い地面に建てられてあるので、春の日の光を外《よそ》に女房どもがせっせと内職している薄暗い家内のさまが、通りながらにすっかりと見通される。そういう小家の曲り角の汚れた板目《はめ》には売薬と易占《うらない》の広告に交って至るところ女工《じょこう》募集の貼紙が目についた。しかし間もなくこの陰鬱《いんうつ》な往来は迂曲《うね》りながらに少しく爪先上《つまさきあが》りになって行くかと思うと、片側に赤く塗った妙見寺《みょうけんじ》の塀と、それに対して心持よく洗いざらした料理屋橋本の板塀のために突然面目《めんもく》を一新した。貧しい本所の一区が、ここに尽きて板橋のかかった川向うには、野草に蔽われた土手を越して、亀井戸村の畠と木立と

が美しい田園の春景色をひろげて見せた。蘿月は踏み止《とどま》って、

「私の行くお寺はすぐ向うの川端さ。松の木のそばに屋根が見えるだろう。」

「じゃ、伯父さん。ここで失礼しましょう。」長吉は早くも帽子を取る。

「いそぐんじゃ無い。咽喉《のど》が乾いたから、まァ長吉、ちょっと休んで行こうよ。」

赤く塗った板塀に添うて、妙見寺の門前に葭簀《よしず》を張った休茶屋へと、蘿月は先に腰を下した。一直線の堀割はここも同じように引汐《ひきしお》の汚い水底を見せていたが、遠く畠の方から吹いて来る風はいかにも爽かで、天神様の鳥居が見える向うの堤の上には柳の若芽が美しい緑の色を閃かしているし、すぐ後の寺の門の屋根には雀《すずめ》と燕《つばめ》が絶え間なく囀《さえず》っているので、そここに製造場の烟出《けむりだ》しが幾本も立っているに係らず、市街《まち》からは遠い春の午後の長閑《のどけ》さは充分に心持よく味われた。蘿月は暫《しばら》くあたりを眺めた後、それとなく長吉の顔をのぞくようにして、

「さっきの話は承知してくれたろうな。」

長吉は丁度茶を呑みかけた処なので、頷付いたまま、口に出して返事はしなかった。

「とにかくもう一年辛棒しなさい。今の学校さえ卒業しちまえば……母親だって段々取る年だ、そう頑固ばかりも云やァしまいから。」

長吉はただ首を頷付かせて、何処と当もなしに遠くを眺めていた。引汐の堀割に繋いだ土船《つちぶね》からは人足が二三人して堤の向うの製造場へと頻《しきり》に土を運んでいる。人通りといっては一人もない此方《こなた》の岸をば、意外にも突然二台の人力車が天神橋の方から駈けて来て、二人の休んでいる寺の門前で止った。大方墓参りに来たのであろう。町家の内儀《ないぎ》らしい丸髷の女が七八ツにな

る娘の手を引いて門の内へ這入って行った。

長吉は蘿月の伯父と橋の上で別れた。別れる時に蘿月は再び心配そうに、「じゃ……。」と云って暫く黙った後、「いやだろうけれど当分辛棒しなさい。親孝行しておけば悪い報《むくい》はないよ。」

長吉は帽子を取って軽く礼をしたがそのまま、駈けるように早足で元来た押上の方へ歩いて行った。同時に蘿月の姿は雑草の若芽に蔽われた川向うの土手の陰にかくれた。蘿月は六十に近いこの年まで今日ほど困った事、辛い感情に迫《せ》められた事はないと思ったのである。妹お豊のたのみも無理ではない。同時に長吉が芝居道へ這入ろうという希望もまた不正当とは思われない。一寸の虫にも五分の魂で、人にはそれぞれの気質がある。よかれ、あしかれ、物事を無理に強いるのはよくないと思っているので、蘿月は両方から板ばさみになるばかりで、いずれにとも賛同する事ができないのだ。殊に自分が過去の経歴を回想すれば、蘿月には長吉の心の中は問わずとも底の底まで明かに推察される。若い頃の自分には親代々の薄暗い質屋の店先に坐って麗《うらら》かな春の日を外に働きくらすのが、いかに辛くいかに情なかったであろう。陰気な燈火の下で大福帳《だいふくちょう》に出入の金高を書き入れるよりも、川添いの明るい二階家で小唄や洒落本《しゃれほん》を読む方がいかに面白かったであろう。長吉は髯《ひげ》を生した堅苦しい勤め人などになるよりも、自分の好きな遊芸で世を渡りたいと云う。それも一生、これも一生である。

連歌とは、五七五のスタートの句から始まって、各人がそれに次々と七七、また五七五を付けてゆくことばの宴、ことばの遊びの会である。仲間がつどって花や紅葉を愛でつつ催す。一種の連想ゲームである。

このゲームには専門の指導者がいる。いろいろなルールがある。発句はめでたい挨拶の意をこめ、次の脇句はそれに寄り添う。といって先の人の句に添うだけではだめ。さっと空気を変えたり、離れる箇所もある。

山あり谷あり波あるなかを先頭に立ち、みんなに方角を教えてくれるのが連歌の宗匠で、松尾芭蕉もそうだったように蘿月伯父さんは、こうした指導でご飯を食べている。

季節はすでに花の盛りもすぎた春たけなわ。妹に泣きつかれ、俺はこういうことは苦手なんだがなあ、と思いつつ蘿月は連歌会のついでに甥の長吉を呼び出し、中学校を落第してもう止めたいという少年に今すこし我慢して卒業だけはせよと、不慣れな説教をする。

蘿月の腰の引けているのは、じぶんの家で落ち着いて言うのではなく、ランチしたり茶を飲んで散歩しながら気をまぎらわせ、説くところにもよく表われる。

二人の歩くすみだ川の景色は江戸前なだけではない。粋な水辺のリゾート地が近代化にともなって壊され、製造工場が林立し、川を汚染する時代相も仔細に写される。女工募集の紙が貼られるのも荷風の目は見のがさない。この作家が大切にするのは、決して江戸への郷愁ばかりではない。

気候が夏の末から秋に移って行く時と同じよう、春の末から夏の初めにかけては、折々大雨が降つづく。千束町《せんぞくまち》から吉原田甫《たんぼ》は珍しくもなく例年の通りに水が出た。本所も同じように所々《しょしょ》に出水《しゅっすい》したそうで、蘿月はお豊の住む今戸の近辺はどうであったかと、二三日過ぎてから、所用の帰りの夕方に見舞に来て見ると、出水《でみず》の方は無事であった代りに、それよりも、もっと意外な災難にびっくりして仕舞った。甥の長吉が釣台《つりだい》で、今しも本所《ほんじょ》の避病院に送られようという騒《さわぎ》の最中である。母親のお豊は長吉が初袷《はつあわせ》の薄着をしたまま、千束町《せんぞくまち》近辺の出水の混雑を見にと夕方から夜おそくまで、泥水の中を歩き廻ったために、その夜から風邪をひいて忽ち腸窒扶斯《ちぶす》になったのだという医者の説明をそのまま語って、泣きながら釣台の後について行った。途法《とほう》にくれた蘿月はお豊の帰って来るまで、否応なく留守番にと家の中に取り残されてしまった。

家の中は区役所の出張員が硫黄《いおう》の烟《けむり》と石炭酸で消毒した後の、まるで煤掃《すすは》きか引越した時のような狼籍《ろうぜき》に、ちょうど人気のない寂しさを加えて、葬式の棺桶を送出した後と同じような心持である。世間を憚《はばか》るようにまだ日の暮れぬ先から雨戸を閉めた戸外には、夜と共に突然強い風が吹き出したと見えて、家中の雨戸ががたがた鳴り出した。気候はいやに肌寒くなって、折々勝手口の破《やぶれ》障子から座敷の中まで吹き込んで来る風が、薄暗い釣《つるし》ランプの火をば吹き消しそうに揺する。とその度々、黒い油煙がホヤを曇らして、乱雑に置き直された家具の影が、汚れた畳と腰張《こしばり》のはがれた壁の上に動く、何処か近くの家で百万遍《ひゃくまんべん》の念仏を称《とな》え初める声が、ふと物哀れに耳についた。蘿月はたった一人で所在がない。退屈でもある。薄淋しい心持もする。こういう時には酒がなくてはならぬと思って、台所を捜し廻ったが、女世帯の事とて酒盃《さかずき》一ッ見当らない。表の窓際まで立戻って雨戸の一枚を少しばかり引き開けて往来を眺めたけれど、向側の軒燈《けんとう》には酒屋らしい記号《しるし》のものは一ツも見えず、場末の街は宵ながらにもう大方は戸を閉めていて、陰気な百万遍の声がかえってはっきり聞えるばかり。河の方から烈しく吹きつける風が屋根の上の、電線をヒューヒュー鳴すのと、星の光の冴えて見えるのとで、風のある夜は突然冬が来たような寒い心持をさせた。

蘿月は仕方なしに雨戸を閉めて、再びぼんやり釣ランプの下に坐って、続けさまに烟草《たばこ》を呑んでは柱時計の針の動くのを眺めた。時々鼠《ねずみ》が恐しい響をたてて天井裏を走る。ふと蘿月は何かその辺に読む本でもないかと思いついて、簞笥《たんす》の上や押入の中をあっちこっちと覗《のぞ》いて見たが、書物といっては常磐津の稽古本に綴《とじ》暦の古いもの位しか見当らないので、とうとう釣ランプを片手にさげて、長吉の部屋になった二階まで上って行った。

机の上に書物は幾冊も重ねてある。杉板の本箱も置かれてある。蘿月は紙入の中にはさんだ老眼鏡を懐《ふところ》中から取り出して、まず洋装の教科書をば物珍しく一冊々々ひろげて見ていたが、する中《うち》にばたりと畳の上に落ちたものがあるので、何かと取上げて見ると春着の芸者姿をしたお糸の写真であった。そっと旧《もと》のように書物の間に収めて、なおもその辺の一冊々々を何心もなく漁《あさ》って行くと、今度は思いがけない一通の手紙に行当った。手紙は書き終らずに止めたものらしく、引き裂いた巻紙と共に中途で途切れていたけれど、読み得るだけの文字で充分に全体の意味を解する事ができる。長吉は一度別れたお糸とは互に異なるその境遇から日一日とその心までが遠ざかって行って、せっかくの幼馴染《おさななじみ》も遂にはあかの他人に等しいものになるであろう。よし時々に手紙の取りやりはして見ても感情の一致して行かない是非なさを、こまごまと恨んでいる。それにつけて、役者か芸人になりたいと思い定めたが、その望みも遂に遂げられず、空しく床屋の吉さんの幸福を羨みながら、毎日ぼんやりと目的のない時間を送っているつまらなさ、今は自殺する勇気もないから、病気にでもなって死ねばよいと書いてある。

蘿月は何というわけもなく、長吉が出水の中を歩いて病気になったのは故意にした事であって、全快する望はもう絶え果てているような実に果敢《はか》ない感じに打たれた。自分は何故あの時あのような心にもない意見をして長吉の望みを妨げたのかと後悔の念に迫められた。蘿月はもう一度思うともなく、女に迷って親の家を追出された若い時分の事を回想した。そして自分はどうしても長吉の身方《みかた》にならねばならぬ。長吉を役者にしてお糸と添わしてやらねば、親代々の家を潰《つぶ》してこれまでに浮世の苦労をしたかいがない。通人をもって自任する松風庵蘿月宗匠《しょうふうあんらげつそうしょう》の名に恥じると思った。

鼠がまた突如《だしぬけ》に天井裏を走る。風はまだ吹き止まない。釣ランプの火は絶えず動揺《ゆらめ》く。蘿月は色の白い眼のぱっちりした面長の長吉と、円顔の口元に愛嬌のある眼尻の上ったお糸との、若い美しい二人の姿をば、人情本の戯作者が口絵の意匠でも考えるようにも幾度か並べて心の中に描きだした。そして、どんな熱病に取付かれてもきっと死んでくれるな。長吉、安心しろ。乃公《おれ》がついているんだぞと心に叫んだ。

お糸は道を決めて進む。友だちも役者になると決めた。ぼくだけ置いてゆかれた。何になればいいか解らない。とりあえず中学にはもう居たくない。

長吉は幸せな気もちを忘れた。人生とはつらく苦しいだけの時間だと視えてしかたない。こころも体もうつろで力が入らない。季節は初夏の大雨の時期になった。

ふらふら川の出水を見に行った長吉は、重い伝染病にかかり、釣台すなわち担架で病院に運ばれた。母親も泣きながら付き添った。伯父の蘿月が女所帯の留守をまもる。二階の長吉の部屋の本棚を、俳人らしく興味をもってのぞくうち、中の一冊からかわいい春のきものを着たお糸の写真がふわりと落ちた。お糸にあてて思いのたけを書いたものの、出せずに破った長吉の恋文も別の本にしまってあった。

六十歳の蘿月は胸がしめつけられる。そんなに思い込んでいたのか。考えれば長吉は、子どもの頃からお糸が好きだったものなあ。また自分も仲いい二人をかわいがり、近所のお祭りや市によく連れていったものだっけ。

まちがいだった――蘿月ははっきり悟る。妹にたのまれ、お糸を忘れて勉強せよと甥に可哀想なことを言った。蘿月よ、おまえは何様だ。おまえこそ、若い日に親にそむいて家を捨て、好きな俳諧の道をえらんだ挙句、吉原の遊女と駆け落ちした男だったのではないか。

そのことを悔やむのではない。思い切りやった。好きな道を駆けた。ならば可愛い甥にも、そんな道を走らせてやりたい。生きた、と実感させてやりたい。それが人生の王道だ。

ひょうひょうとしていた軽い男の蘿月がここで、腹をすえる。逆説的な「親代々の家を潰してこれまでに浮世の苦労をしたかいがない」という気焔が華やかだ。ここまで凛と決まる結びは、荷風文学にはめずらしい。芝居っ気がいい風に吹いて小気味よい。

〈家〉の常識から外れたこんな遊び人の伯父さんがいてくれることは、全ての男の子の理想なのではないだろうか。核家族がそれぞれのマンションに住んで厳重に鍵をかける今は、なかなかいない素敵な伯父さんである。

第一部

腕くらべ

大正五年、一九一六年八月から翌年十月にかけて、小雑誌「文明」に連載された長篇小説である。警視庁に書き直しを命じられることを危惧し、ひっそりと知友にだけ配る五十部限定の私家版として、大正七年一月に完成した。その後いくつかの市販本が出され、作品の生成は複雑をきわめる。私家版の復元を願いつづけた荷風の意向を汲み、全集は私家版を底本とする。三か所の抄出をかかげる。

「ほどけないのよ。あんまりきゅッと結んだもんだから。おお痛い……指の先が真赤になったわ。」とその手を男に見せながら、「わたし、それァきゅっとしたのが好きなのよ。息がつけない位きゅっと〆めないと嫌な心持なの。」

駒代は頤《おとがい》を咽喉《のど》へ押付けるようにしてしきりに帯揚の結目《むすびめ》を解こうとしたが、なかなか解けないらしい。

「どうしたんだ。お見せ。」と吉岡は夜具からいざり出した。

「随分きゅっと堅いでしょう。」と駒代は結目を男にまかして帯の間に入れた紙入、手帳、懐中鏡、楊枝入《ようじいれ》なぞさまざまなものを抜出した。

「なるほど堅い。毒だぜお前。」

「やっと解けたわ、すみません。」

駒代は大きく肩で息をした後つと立上る。足元にばたりと帯留の落ちたのもその儘《まま》壁の方によって後向になり帯の結目に手をかけた。

男は烟草《たばこ》を吸いながら駒代の腰から胴中をくびれるほどにした長い長い緋羽二重《ひはぶたえ》のしごきの一巻々々に解きほどかれて敷いた着物の裾《すそ》の上に渦巻くのをじっと眺めていたが、七年前まだ二十になるかならずの時にもこういう場合には割合に年増《としま》らしくませた取なしに馴れていた駒代、相応に苦労もして今は正に二十五六、女の中での女に成りきった身は定めし又一倍、昔にくらべてどんな様子かと思うと、遊馴《あそびな》れただけに吉岡は始めて逢う女よりも一層激しい好奇心にわれとわが胸の轟《とどろ》くのを覚え、長いしごきの解けきるのが待ち遠しい程に思われた。

駒代はやがてしごきを解きおわってくるりと此方《こちら》へ向直ると裾の重みでお召の単衣《ひとえ》はおのずとやさしい肩先からすべり落ちてぱっと電燈を受けた長襦袢《ながじゅばん》一枚、夏物なれば白ちりめんの地を残して一面に蛍草《ほたるぐさ》に水の流れ花は藍染《あいぞめ》、葉は若緑に浅葱《あさぎ》で露の玉を見事に絞《しぼ》りぬいたはこの土地なれば定めし襟《えり》えんが自慢の品滅法に高そうなものといつもならば気障《きざ》の一つも言える処、今は早やそんな余裕もない吉岡は、手も届かばやにわに引寄せようと無暗《むやみ》にあせり立つ。それとも心付かぬか、駒代はぬぎ捨てた着物立ったなりに踵《かかと》で静に後へ押遣る傍《かたわら》、今まで気づかずにいた女物らしい浴衣の寝衣《ねまき》。それと見ればやはり女気のあたら大事な長襦袢を汗にするでもないと慾を出し、

子で、

「ああ浴衣があったわ。」とひとり言。吉岡はまたもや身仕度に手間どれてはと少しやけな調子で、

「いいじゃないか。」と云ったが、駒代は博多の伊達巻《だてまき》の端既にとけかかったのをそのまま手早く解きすてると共に此方に向いたなりで肌襦袢重ねたままに蛍草の長襦袢ぱっと後へぬぎすてたので、明い電燈をまともに受けた裸身雪を欺《あざむ》くばかり。吉岡は我を忘れて、駒代が浴衣を取ろうと折りかがんで伸す手をいきなり摑《つか》んでぐっと引寄せた。不意に引かれて女は、

「あらあなた。」と思わずよろめき、むっちりと堅肥《かたぶと》りの肌身横ざまに倒しかけるを此方《こなた》は丁度よく腕の間に受け留めたなり抱きすくめ、少しもがくのを耳に口よせて、

「駒代。七年ぶりだな。」

「あなた、これっきりじゃひどくってよ。後生ですから。」と女はもう駄目と思ってか蔽《おお》うものもない裸身《はだかみ》の恥しさに早や目をつぶった。

それなり二人は言葉を絶した。男の顔は強い酒でも吞んだように一際赤く腕や頸の青筋が次第に高く現われて来る。女はもう死んだよう、男の腕に頸《うなじ》を支えさせた顔殆んど倒《さかさ》にして銀杏《いちょう》返《がえし》の輪もぶらぶらとするばかり。乳房あらわなる胸の動悸のみ次第に高く烈しくさせると、それにつれて結んだ唇はおのずと柔に打開けて奇麗《きれい》な歯の間からほの見せた舌の先何とも云えぬ程愛らしい。

男はつと顔をよせて軽くその上に自分の唇を押つけた。女の頸《くび》を支えた片方の腕は既にぬける程の重さを覚えるまでも男はじっとそのままにしていたが、やがて唇のみか乳房の先耳朶《みみたぶ》の

はし、ねむった瞼《まぶた》の上、頤《おとがい》の裏なぞおよそ軟い女の身中にも又一層軟く滑《なめらか》な処を選んで、かわるがわるその唇を押つけた。

腕くらべ。何の腕くらべか。女の腕くらべである。きものの袖がはらりとずり落ちて、真っ白な腕と腕とがからんで静脈を浮かせ、取っ組みあう光景がおのずと視える。

まず、いい男の取りあい、お得な男の取りあいである。それだけではない。どちらが綺麗か、どちらが芸達者か、どちらが垢ぬけているか。女の器量の勝負でもあるし、ええい、そんな見えも全てかなぐり捨てて裸一貫、誰が二十世紀の遊びの世界で一頭地を抜き、勝ち組となるかの熾烈な生存競争の意味でもある。

ヒロインは駒代。二十六、七歳。身よりなく淋しい境涯で、少女の頃から一流の新橋芸者となるべく修業を積んだ。運よく品のいい新橋の置屋「尾花屋」の世話になる。そこから芸者として出たが、ほどなく秋田のお金持ちのお坊ちゃんに見初められ、北国へお嫁入する。やれ、ご大家の奥さまになったと安堵したのもつかの間、夫は亡くなりその家にもいづらく、とうじとしては年増になろうかという身でふたたび出京し、尾花屋から出直したのだった。

こんどこそはいい旦那をつかまえて芽を出さなければ、とは思うものの、生来が内向的でしとやかなので、日本舞踊や音曲をならうのは楽しいけれど、何人もの男にあだに身をまかすのが浅ましくてならない。

北国の人と結婚してからは、夏のはじまりの今晩が初めてである。初めて身を売る。それというのも二十歳の時のなじみのお客、吉岡と帝国劇場で偶然に再会したからである。そのとき大学生だった吉岡は出世し、会社の要職につく。彼にとって駒代は、青春の思い出のなかで初めて触れた一流の新橋芸者。駒代は久しぶりなのに、ふしぎに全く老けていない。寝たくなった。今は金力も自信もみなぎる。さっそくお座敷をかけ、たくみに段取りをつけた。

みぞおちが痛いほど固くしごきを結ぶのが駒代のこのみで、ほのかに嗜虐的である。しごきに縛《いまし》められていた駒代の細いからだから、ふわっと夏のうすものが落ちる。季節に合うほたる草をみごとに染めたきものの下着が、駒代の深いたしなみを物語る。

部屋には電気がこうこうと照りわたる。わざとまぶしい光を消さないで、男はぞんぶんに駒代の裸身をながめ、すべての柔らかい愛らしい部分にキス、キス、キスの跡をつける。

駒代のヒロインとしての格の高さは、「奇麗な歯の間からほの見せた舌の先」の可憐を賞美されるくだりで解る。白歯の間にちろちろ見え隠れするうすべに色の舌のエロスは、荷風が最愛の女性に与える魅力である。

濡縁《ぬれえん》の障子を明けると三畳の間、縁づたいに厠《かわや》がついていて、小形の桐の長火鉢に桑の鏡台から絽塗《ろぬり》の衣桁《いこう》万事女中をよばずに物の便ずるような行き届き方、電燈も絹張の雪洞《ぼんぼり》にあたり薄暗く、腰高の葭戸《よしず》越しに六畳とも覚しい奥の間を見れば裾の方をば水色に涼しくぼかした縫目なしの紗《しゃ》の蚊帳《かや》をつり、中には茶屋辻の麻の小掻巻《こかいまき》折返して浅葱《あさぎ》に染めた萩の模様の敷布団、真紅の房たっぷりと下げた長枕一つ。その前には利休形の提《さげ》煙草盆に水注子《みずさし》コップのたぐい。

風鈴がチリンチリンと静に鳴る音、町中の秋も漸《ようや》く酣《たけなわ》なる夜の風情を知らせて何となく奥深く心静まる趣きである。客は朦朧《もうろう》たる酔眼《すいがん》にこの艶《なめま》しき光景と、燈火を後にしょんぼり俯向いて坐った女の姿をばじっと眼を据えて打眺《うちなが》るばかり言葉一つ掛けもせぬのは、山海の珍味を前にしてどれから箸をつけようかと急がず騒がず、ゆっくり大事に、その代りいざ手を出したとなれば骨の髄までしゃぶり尽さねば置かぬという下心ではあるまいか。何しろ駒代は穴のあく程じっと見詰めていられる気味の悪さ、身の毛がよだつ様な気がしながら、しかしもうこの場合になっては否応《いやおう》云っても始まらぬ。命にさえ別状ないかぎりはとにもかくにも目をつぶって寸時も早くつとめをすませ、すぐに駈出して宜春《ぎしゅん》の一間に待っている瀬川の兄さんの処へとその事ばかり気にしているので、怖いながらも又じれったくて、とうとう我慢ができず、此方から誘うように、

「あなた。」と云いながら少し寄添いかけると客は金のある肥った男の常とて皺枯《しわが》れ声に何やら言おうとして啖《たん》がからんだらしく大きな咳払い一つそれを合図のようにして、丁度駒代がちょっと此方へ身動きするその胴中をば帯のままぐいと掻《かっ》さらうようにすくい上げて膝の上に抱きすくめた大力の、しかも早業《はやわざ》に駒代は思わずアッと一声。叫ぶと共に目をつぶれば顔一面に火のような男の息頰もただれるかと思われる苦しさ。身をもがいてやっと両手を顔に押当て歯を喰しばった。

嬉しい事には一夜もただ束《つか》の間《ま》の夢と明け、辛い事には束の間も百年に当るの思い。駒代は離座敷を飛出すといっそ不思議そうにあたりをキョロキョロ見廻しながら、やがて迎いの車を

呼ぼうと電話口へ来る。まだ小半時とはたっていなかったものか、そこには花助がぼんやり煙草を呑んで同じく迎いの車を待っているらしい様子。駒代は花助の顔を見ると何という訳もなく一時に悲しく口惜しくなって、これが出先の茶屋の帳場でなければいきなり武者振《むしゃぶ》りついて顔中引掻《ひっか》いてやりたいような心持がした。花助は何にも知らぬという風、さあらぬ顔して、

「家のお定さんがたった今お前さんを捜しに来たよ。後で又電話をかけるとさ。」

「あらそう。」

駒代はとにかく車を呼んで貰おうと家の箱屋へ電話をかけると、吉岡さんが先刻から浜崎へ見えているから、すぐその方へ廻ってくれと云うのである。駒代は何故今夜はこう間の悪い事ばかりつづくのだろう。こんな事と知ったならいっそ昨夜の中に兄《にい》さんと別れた方がよかったと思っても、今はもうどうすることもできない。外の座敷なら無理にも断るところ旦那と名のついた吉岡さん、殊に三春園を引上げてから初めてお見えになった今夜の仕儀《しぎ》、どうしても顔を出さないわけには行かない。顔を出せば旦那がお立ちになるまで帰るわけに行かないのは分りきった事である。兄さんはさぞ待ちあぐんで、怒っている事であろう。怒ったまぎれに外の芸者を買いはしまいか。そう思うと実に何とも云えない辛気心苦もただ人知れぬ胸の中駒代はそのまま浜崎へ廻った。

もう九時過である。いつもお帰りは自働車で十一時ときまっているので女中が気をきかせて直《じき》にいつもの下座敷。駒代は身体のあく時間の知れているだけ先安心とは思うものの今方《いまがた》解いて結んだばかりの帯また解くつらさ、敷いてある蒲団を見ると共に覚えず溜息を漏した。何し

ろ一昨日の夜から昨日今日へかけて昼間さえ兄さんとさんざふざけちらして綿《わた》のようになっていた身を突然鬼のような対月《たいげつ》のお客に無理無体なまねされ、怪我《けが》でもしはせぬかと思った程の恐しさ、ほっと息つく暇はただほんの車の中ばかり。今だに胸の動悸の収らぬような気のする側《そば》から、今度は馴染重ねた旦那へのおつとめ。これは又何でもない普段の時でも折々はあまりの念入に、駒代は内々閉口する事がある位なので、今夜この疲れきった身体でと思うと、対月のお客に出る時とは又変って、よく様子の知れているだけ、そして又これから十一時打つまでかれこれ一時間半という間煙草呑む暇もない程にいじめられるのか。それもただ男のなすままになっているばかりではすまない。旦那の方では日頃からこの芸者男はおれ一人それも毎夜というわけではない故《ゆえ》さだめしおのれが情待焦《なさけまちこが》れている事と独《ひと》ぎめして随分といやらしい真似《まね》のかずかず。何ぼ芸者だからとて余りの事と口惜しい思いもしながら、そこは又生身《なまみ》のつとめ果《はて》はつい取乱してしまって真実水も漏さぬといったような情の程憚《はばか》らず見せもしていたのが今は仇《あだ》、兄さんが出来たからとて俄につとめ方変える訳には行くものでない。わけて日頃からそういう事には一挙一動目をつけるらしい吉岡さん。客よりは芸者の方から誘いせがむ程な様子見せねば、たちまち怪しいと疑るにちがいない。ましてや今夜は大崎の三春園を引上げてから始ての事、また身受《みうけ》のはなしをいわばその儘《まま》にした揚句の事、どうあってもいつもよりは又一倍此方から実意の底を見せて仕掛けねばならない場合。思えば思う程いよいよ増さる辛《つら》さ切《せつ》なさ。手を合わせて今夜だけはどうぞと拝みたい位なのを、それとも知ろうはずのない吉岡、これはいつもの通り悠々として敢《あえ》て急がず、芸者殺す手は十六七の若きより四十を越した老妓《ろうぎ》まで知らざるはない多年の経歴、その腕のすごさ、その術の巧みさ、一々施し一々試みて十二分に思い残りなくしかも即座にその効目《ききめ》見ぬ中《うち》は、何やらおのれが估券《こけん》でも落ちはせぬかというように、どうあっても手をひかぬやり方。駒代はいざ十一時となって吉岡の手から漸くその身を放された時にはもう肩で息して口もきけず起きも得られなかった。この有様にはなはだ満足して身も軽々としたらしい吉岡は自動車を急がせて浜崎の門口からたちまち闇の中に消え去った。駒代はやっとの思でそれを見送って帳場へ立戻ったが、もう宜春へ帰る気もない、家へ帰る気もない。ただ人のいない空家か野原の中にこのまま身を投捨ててしまいたいような情ない気になった。兄さんのところへ行こうにも、それにしては一夜の中立てつづけに二人まで男をかえて汚しぬいた身体。あから様にそうとも打明けられず、知らぬ振りしてこのまま今夜一夜をまかせ切るのは何となく済まない気がしてならないのであった。何ぼ商売とは云いながら自分ながら思い出すと恥しくなって帳場の燈火に人から顔見られるのが辛くてならない。鏡台の前に坐って白粉《おしろい》つけ直せば直すほどその顔はかえってきたならしく、搔けばかくほど乱れた髪はなお乱れて来るような気がする。

こんな事にひま取る中格子戸の外には「駒代さんのお迎い。」と呼ぶ車屋の声。

「はい」と返事してそのまま乗移ると車屋は、「どちらへ。」

「宜春さん……………。」と云ってしまって駒代は又言直そうとする中若衆はもう二三歩その方へ馳出したのに、駒代は兄さんどうぞ勘忍《かんにん》して。これもみんな兄さんに心配かけまい算段からと目を閉じてそっと帯の上からお守《まもり》のあるあたりを押えた。

兄《にい》さんはやはり疲《つか》れたのかもう一人で寝ていた。しかも自分の来るのを心待に待っていてくれたものと見えて、女の枕を置いた夜具の片方を明《あ》け、そこへと片腕だけ長く伸してすやすや寝入っているのは、すぐとそのまま手枕にせよとの心やりか。ああ嬉しい親切と思うにつけて折角のそれもこの身のつかれ。溜息と共に又してもも一倍口惜しくなるのは対月のお客に浜崎の旦那が念入りな攻め抜きよう。いっそ精魂つかれ果ててこれなり死んじまったらと駒代は今方あだし男にその身を弄《もてあそ》ばれた口惜しさの仕返しとでもいうように狂気の如く瀬川一糸の寝姿をば女の身ながらまるで男のようにひしと上から抱きしめ、びっくりして目をさますその顔にさめざめとわが顔押当てて泣入った。

まさかの初恋。二度も芸者になって、女ざかりを男にもてあそばれる駒代にして、まさかの、しかしだからこそと肯ける、ういういしい乙女のような恋の花がひらく。

再会した駒代がむやみに気に入った吉岡は、駒代を正式に置屋から引かせて、どこぞへ別荘を新築して彼女を囲いたいと思い、さあ、そうなると待つことならず駒代を責め立てる。立身出世した男のごうまんを尽くす。

八月も末の豪雨が降るなか、駒代は新橋の一流待合「対月」がひそかに営む連れ込み用の別邸に閉じ込められるも同然にされ、やいのやいのと吉岡に迫られ、もちろん朝から晩まで体ずくでも責められる。

苦しい、つらい、恥ずかしい……。吉岡がよぎない商談で都会に半日もどったすきに、ほっと息をつく駒代は、たまさかその別邸の普請を見学にきていた瀬川一糸に出会う。彼は歌舞伎の女形。すっきり綺麗な役者で、かねて舞踊のけいこで会うこともあった駒代はあこがれていた。彼とその場で出来てしまい、たがいに惚れあう「色」となる。

さあ、それからが大変。駒代は一糸と逢瀬をかさねる。気前のいいおとくいの吉岡の機嫌もとらねばならぬ。そこへもってきて、尾花屋の冴えない同輩芸者の小銭稼ぎ作戦に乗せられて、今晩こそは大ピンチ。未知の五十がらみの色黒の大男と共寝するはめになった！

新橋の待合「対月」のわけありの離れ。九月とはいえまだ暑く、蚊帳や麻のふとん、風鈴などの涼やかなインテリアが客を待つ。しかし空気は涼やかどころか、重くどろつく。待ちかねていた「海坊主」のごとき大男のひざに、有無をいわさず抱きすくめらる哀れな細身の駒代。巨大なタコやあわび貝のふたに色白の美女が絡めとられて犯される、江戸のいやらしい春画のおもむきである、明らかに。

そのおぞましい時間が終わったとたん、身を清めるいとまもなく、今度は吉岡からのお座敷がかかる。未知の海坊主のお相手もつらかったが、こちらの体を知り尽くす吉岡に「いじめられる」のも、今夜は泣きたいほどつらい。

男ざかりの吉岡は駒代の弱みを知悉して猛攻をかける。どうだ、いいだろう、さぞいいだろう、と言わんばかりの「どうあっても手をひかぬやり方」。口惜しいと思っても、凄腕にあ、あ、あ、と悲鳴が上がり、いよいよ男をいい気にさせる。

ふらふら、へとへと、呆然。でも一糸「兄さん」と約束した待合へタクシーを飛ばすのは、もちろん遅く花ひらいた激しい恋ごころゆえである。兄さんは待っていてくれた。駒代を想い、片腕を枕にせよと投げ出したまま、待ちあぐねて眠っていた。好き！　と駒代は生まれて初めて、男が女を抱きしめるように、眠る兄さんに自分からのしかかる。

　このあたりは、「花柳小説」である本作の山場である。こういうのが嫌、荷風はいやらしいから嫌、とここで本を投げ出しては一生の損。たしかに男尊女卑である。しかしそんなことを言えば、明治大正の小説のほとんどは男尊女卑小説と言えよう。

　今はセクシャリティも多様に入り組む時代である。読む私たちが自在に男になり、女になり、両者の性感もゆたかに想像して読めばよろしいのではないか。読む方も自身を受動的に固定したままではなく、性を往還し他者のうつわに入って読みたい。荷風だって書きながら、ぞんぶんに力を行使するサドな吉岡になったり、いやなのに反応してあられもない声を上げるマゾな駒代になったりして、肉体と肉体が触れあうスパークを迫真の魅惑で表している。

> 吉岡は花柳通《かりゆうつう》をもって自称するだけ数多《あまた》の芸者を知っていたが菊千代のような女には一度も出《で》会《あわ》なかった。日本の女に菊千代のようなものは一人もいない。どうしても西洋の女である。真《ま》裸体《ばだか》になって男の膝の上に跨《また》がり片手にシャンパンの盃振翳《ふりかざ》して夜通しふざける西洋の娼妓そっくりという処がある。菊千代の特徴と価値とを挙げ始めたら第一はその肌の白さである。日本の女でこの位肌の白いのみか全身薄薔薇《うすばら》色《いろ》の何ともいえないよい血色したものは滅多にない。第二はその肉付である。俗に云う餅肌の堅肥《かたぶと》りその軟きに過ぎず又堅きに過ぎぬ丁度頃合な締

りのいい肉付にはおのずから美妙極《びみようきわま》る弾力があって抱き〆る男の身体にすべすべとしながらぴったりと隙間《すきま》なく吸い付く。菊千代の肉付は咽喉や横腹、肩先のような骨ある処までくりくりと見事に肥っているが、しかし一体が小柄でちょこまかと目まぐるしい程すこしもじっとしていない性《たち》なので、かの大柄なでっぷりした女に見るような重苦しい処は少しもない。膝の上にも軽々と載せられるし、腕の中にもふわりと抱きすくめ得られる。膝の上に載せるとはち切れるような乳房は男の胸の上に吸付きながらうごめき、ゴム鞠のような尻の円みは男の太腿の上にくびれてはまり込み、絹のようなその軟い内腿《うちもも》は羽布団の如く男の腰骨から脾腹にまつわる。横ざまに抱きかかえるとその小柄な身全体はわけなく男の両腕の間にくりくりと円まってしまいながらその肌の滑かさいくら抱き〆めて見ても抱き〆るそばからすぐ滑《すべ》りぬけて行きそうな心持。腕ばかりでは抱き〆めかねて男は身を海老《えび》折《おり》に両腿を曲げて支えれば、いいがたい菊千代の肌身はとろとろと飴《あめ》のように男の下腹から股の間に溶け入って腰から背の方まで流れかかるような心持つまり菊千代は抱きすくめられながら絶えず楽にその小柄な身をあちらこちらと動かす。その度々に男はまるでちがった女と寝たような新しい心持になって更に新しい誘惑を感ずるのである。第三は菊千代の態度である。菊千代は普通の芸者、これまでの日本の女のように燈火や日光を少しも恐れない憚らない、寝る仕度をしない前からでも男が誘いさえすれば夜ふけ人静った後のさまと少しも変らない様子を遠慮なく見せる。菊千代には夜具はおろか衣服の用もただ寒を防ぐためのみで、身を隠くすべきためではないと云ってもいい位である。吉岡はこれまでしたい三昧遊んではいたものの、医者ならぬ身はまだ女の身体中で見残した処がいくらもあった。さすがに強《し》いかねて言いたい事も言わずにいた事が沢山あった。それらの思残《おもいのこし》は一夜にしてこの菊千代によってことごとく満足される事が出来たのであった。第四に菊千代が他の一般の芸者と違っている最後の特徴を挙げるとその談話である。その寝物語である。その口説《くぜつ》である。菊千代は別に遊芸のはなしもしない。役者の評判もしない。朋輩《ほうはい》の蔭口もきかない。抱主《かかえぬし》の噂もしない。出先の茶屋の不平も云わない。饒舌《しゃべ》る事は皆自分の身の事ばかりである。それもまとまった話は一ツもない。男に弄《もてあそ》ばれた話ばかりである。何某《なにがし》子爵のお屋敷に御奉公していた時から芸者になって今日までいろいろのお客からいろいろな弄《もてあそば》れ方をしたというその話ばかりである。時には他の芸者の咄《はなし》を交《まじ》ゆるにしてもそれはやはりお客との情交と云うよりも閨中《けいちゅう》の消息である。旅行の話も温泉の話も芝居の話も活動写真の話も日比谷公園の話も菊千代の口から語られる話の中心はいつも情事この一事に止《とど》まる。

腕くらべのメインは、一流の芸を積んでたしなみ深い新橋芸者の王道というべき駒代と、ぶきりょうで小間使いくずれで芸も覇気もなく、体だけは滅法いい尾花屋のみそっかす芸者・菊千代との初めから勝負にならない勝負である。

明治初期の花柳小説であったら、もちろん駒代が勝つ。しかしこれは大正、すでに凋落の影きざす新橋の花柳界を舞台とする。

古典的な世界はしだいに崩れる。遊ぶ客は、かつての粋な江戸人とは全くちがう人種である。日本舞踊や三味線、琴の腕などどうでもいい。良し悪しがわからない。それより、どう男をいい気もちにさせてくれるか、世間の労苦をいっとき忘れて大笑いし、驚かせ、興奮させてくれるかの腕前が問われ始める。ここに荷風の時代を見る鋭利な目がはたらく。

ゆえに二人の芸者の勝負は伝統の型を大きく蹴とばし、いったん菊千代が勝利する。はだか一つとはだか珍談を語ってやまない変わった性情で、上客の吉岡を駒代から奪う。

大学を卒業してから「洋行」した吉岡は、まるで羞恥をしらない大胆な西洋の娼婦をほうふつさせる菊千代の破天荒に魅せられる。「餅肌」はふわっふわ。しなやかで軽くて、抱かれていても自分でさまざまに動き、男の体に肌をくっつけ、種々の極楽を味あわせてくれる。それが菊千代じしんも楽しいらしい。

新しい時代のミューズである。旦那を下流芸者の菊千代ごときにかっさらわれた駒代は、恋人の一糸も金持ちの女に取られ、もはや新橋で顔を上げて歩けない。どこかへそっと去ろうとはかなむ。最後はしかし逆転で、駒代がびみょうに勝つ。出世払いでいいと店をゆずられ、尾花屋の女主人になる。

尾花屋の人のよい女あるじが老いて死んだ。その亭主はもとは小旗本のお坊ちゃん。きかん気で反骨の気概に富み、エリートコースを捨てて、あえて講釈師となった。待合茶屋のあとつぎ娘の恋ごころに応え、むこ殿として「尾花屋」に居ついた。

物語の随所にちらちら、この「年寄」のすがたは出てきていた。菊千代みたいな粗野な芸者はきらいだ、追い出しちまえ、と女あるじの女房に苦々しく言う場面や、朝顔をたいせつに育てて毎朝つぼみを数える場面などが印象的であった。しかし彼が大きくクローズアップされることはなかった。

その老人、「呉山」が物語の幕をすっきり気もちよく閉じる。彼は舞踊に精進する駒代を高く買っていた。部屋のたんすの上にお稲荷様をまつり、ときおり金つばなど供えて無事をいのる古風な愛らしさも気に入っていた。駒代が下流芸者に踏みつけにされ、身よりもなく淋しく花を枯らせてゆくのに我慢できない。

「どうだい、お前一つ奮発してこの尾花屋の姐さんになって、土地のものにそれ見ろというように一つ立派にやって見る気はないか」と駒代にけしかける。居ぬきで譲る、代は出世払いでいいや、俺は「この舌一枚で食って行ける」と言う。駒代はありがたさで泣いてしまう。

いい終わりである。人情がある。救いがある。駒代は立つ瀬ができた。しかしもうじきに、そうは行かない世の中になることを荷風は察知している。いまは駒代がどうにか浮き上がった。しかし明日は確実に菊千代が勝つ。菊千代が代表する実質主義が勝つ。手間のかかるぜいたくな芸者の芸の世界など吹っ飛ぶ。――それを描くのが、つぎの昭和カフェー女給小説『つゆのあとさき』である。

『つゆのあとさき』の遊び好きで男好きなヒロイン、特別な芸もなくこれも小間使い上がり、裸身ひとつで幾多の男を悩殺する君江は、菊千代よりうんと賢く愛らしいけれど、まぎれもなく菊千代の双生児である。つまり『腕くらべ』と『つゆのあとさき』は、ある種のふたご小説であると言える。

つゆのあとさき

昭和六年、一九三一年十月に「中央公論」に発表された長篇小説である。五か所の抄出をかかげる。

女給《じょきゅう》の君江《きみえ》は午後三時からその日は銀座通りのカッフェーへ出ればよいので、市ケ谷本村《ほんむら》町《ちょう》の貸間からぶらぶら堀端を歩み見附外《みつけそと》から乗った乗合自動車を日比谷で下りた。そして鉄道線路のガードを前にして、場末の町へでも行ったような飲食店の旗ばかりが目につく横町へ曲り、貸事務所の硝子窓に周易判断金亀堂《きんきどう》という金文字を掲げた売卜者《うらないしゃ》をたずねた。

去年の暮あたりから、君江は再三気味のわるい事に出遇っていたからである。同じカッフェーの女給二三人と歌舞伎座へ行った帰り、シールのコートから揃いの大島の羽織と小袖から長襦袢まで通して袂《たもと》の先を切られたのが始まりで、その次には真珠入り本鼈甲《べっこう》のさし櫛をどこで抜かれたのか、知らぬ間に抜かれていたことがある。掏摸《すり》の仕業だと思えばそれまでの事であるが、又どうやら意趣ある者の悪戯《いたずら》ではないかという気がしたのは、その後猫の子の死んだのが貸間の押入に投げ入れてあった事である。君江はこの年月《としつき》随分みだらな生活はして来たものの、しかしそれほど人から怨《うらみ》を受けるような悪いことをした覚えは、どう考えてみてもない。初めはただ不思議だとばかり、さして気にも留めなかったが、ついこの頃、街巷《がいこう》新聞といって、おもに銀座辺の飲食店やカッフェーの女の噂をかく余り性《たち》の好くない小新聞に、君江が今日まで誰も知ろう筈がないと思っていた事が出ていたので、どうやら急に気味がわるくなって、人に勧められるがまま、まず卜占《うらない》をみて貰おうと思ったのである。

街巷新聞に出ていた記事は誹謗でも中傷でもない。むしろ君江の容姿をほめたたえた当り触りのない記事であるが、その中に君江さんの内腿《うちもも》には子供の時から黒子《ほくろ》が一つあった。これは成長してから浮気稼業をするしるしだそうだが、果してその通り、女給さんになってから黒子はいつの間にか増えて三つになったので、君江さんは後援者が三人できるのだろうと、内心喜んだり気を揉んだりしているという事が書いてあった。君江はこれを読んだ時、何だか薄気味のわるい、誠にいやな心持がした。左の内腿に初めは一つであった黒子がいつとなく並んで三つになったのは決して虚誕《うそ》でない。全くの事実である。自分でそれと心づいたのは去年の春上野池《いけ》の端《はた》のカッフェーに始めて女給になってから、暫くして後銀座へ移ったころである。それを知っているのはまだ女給にならない前から今もって関係の絶えない松崎という好色の老人と、上野のカッフェー以来とやかく人の噂に上る清岡進《きよおかすすむ》という文学者と、まずこの二人しかない筈である。黒子のある場所が他とはちがって親兄弟でも知ろう筈がない。風呂屋の番頭とてそこまでは気がつくまい。黒子の有無は別にどうでもよい事であるが、風呂屋の番頭さえ気のつかない事を、どうして新聞記者が知っていたのだろう。君江はこの不審と、去年からの疑惑とを思い合せて、これから先どんな事が起るかも知れないと、急に空おそろしくなって、今まで神《しん》信心《じんごころ》は勿論《もちろん》、お神籤《みくじ》一本引いたことのない身ながら、突然占いを見てもらう気になったのである。

都会にしかいない綺麗なモンスター。内面が薄くだらしなく、むちゃくちゃに悩ましい若い女。それを荷風は書きたかった。男との仲らいを仕事とわりきる娼婦にしたくはなかった。男たちが競って投げる色目のなかを、自由に楽しく泳ぐ女性を書きたかった。だから彼女、君江を震災後に大流行したカフェーの女給にした。芸者と街娼のあいだを曖昧にゆききする旬のしごとに就かせた。シャーロック・ホームズ物語をほうふつさせるこの冒頭はすばらしい。のっけから色っぽく謎めく。男だって女だって読む者は胸がもやつく。秘密も秘密、親さえ知らないからだの秘所にある三つのほくろを、俗な新聞ダネにされて、ぞっとおののく君江。

知る人はたった二人。どういう二人か、もちろん想像がつく。そういえば去年の暮れから、そっと髪の櫛を抜かれたり着物のたもとを切られたり、変事があった。いつもは大胆に荒々しく生きる君江もさすがに気味わるく、ここがいきなり古風で荷風らしいが、日比谷の繁華街の路地のアパートでひっそり商売する易者を訪ねたのであった。

清岡が君江を識《し》ったのは君江が始めて下谷《したや》池の端のサロン・ラックという酒場の女給になったその第一日の晩からであった。清岡は始めて君江を見た時、女給をした事がないというならば、どこかで芸者をしていた女だろうと想像した。容貌はまず十人並で、これと目に立つところはない。額は円く、眉も薄く眼も細く、横から見ると随分しゃくれた中低《なかびく》の顔であるが、富士額の生際《はえぎわ》が鬘《かつら》をつけたように鮮かで、下唇の出た口元に言われぬ愛嬌があって、物言う時歯並の好い、瓢《ひさご》の種のような歯の間から、舌の先を動かすのが一際愛くるしく見られた。この外には色の白いのと、撫肩《なでがた》のすらりとした後姿が美点の中の第一であろう。清岡はその晩、君江が物言いのしずかなのと、挙動の疎暴でないのを殊更うれしく思って、纏頭《ちつぷ》は拾円《じゆうえん》奮発してその帰途をそっと外で待っていた。それとは心づかない君江は広小路の四辻まで歩いて早稲田行の電車に乗り、江戸川端で乗換え、更にまた飯田橋で乗換えようとした時は既に赤電車の出た後であった。清岡は自動車でここまで跡をつけて来たので、そっと車を降り、偶然再会したような振りで話をしかけた。君江は問われてもはっきり住処《じゆうしよ》は知らせなかったが、ただ市ケ谷辺だと答えて、一緒に外濠《そとぼり》を逢阪下《おうさかした》あたりまで歩いて行く中、どうやら男の言うままになってもいいような素振《そぶり》を示した。君江はその頃、久しく一緒に住んで共に××をしていた京子という女が、いよいよ小石川諏訪町の家をたたんで富士見町の芸者家に住み込む事になったので、泣きの涙で別れ、独り市ケ谷本村町の貸二階へ引移り、××××××へ出入する事をよしていたので、一月あまりの間一晩も××××る折がなかった。夜ふけてから外へ出た事さえ稀だったので、この夜久しぶり静にふけ渡った濠端《ほりばた》の景色を見てさえ、何とも知れず心の浮き立つ折から、時候も丁度五月の初めで、袷《あわせ》の袖口や裾前から静に夜風の肌を撫でる心持。君江は清岡の事を少壮の大学教授か何かだろうと、始めからわるく思っていなかったので、飛び立つような嬉しさをわざと押隠し、誘われるがまま気まりのわるい風をしながら、その夜は四谷荒木町の××へ連れられて行った。君江は新に好きな男ができると忽《たちま》ち熱くなって忽ち冷めてしまうという、生れついての浮気者なので、翌日も夕方近くまで××××ていたが、×××のがいやさにカッフェーもそれなり休んで、井の頭公園×××に行き次の×××××に明かして三日の後市ケ谷の貸間まで一緒に来てやっとわかれた。清岡は丁度その頃、一時妾《めかけ》にしていた映画女優の玲子とやらを人に奪われ、代りの女を物色していた矢先、君江が身も心も捧げ尽したような濃厚な態度に、すっかり迷い込み、どんな贅沢な生活でも望む通りにさせてやるから、女給をやめるようにと勧めたが、君江は将来自分でカッフェーを出したいから、もう暫く女給をしていたいと言ったので、それならば本場の銀座へ出て経験をした方がよいと、池ノ端のサロンは一個月あまりで止めさせ、半月ばかり京阪《けいはん》を連れ歩いた後、清岡は人を介して、銀座では屈指のカッフェーに数えられている現在のドン・ファンに君江を周旋した。間もなく入梅があけて夏になり、土用の半《なかば》からそろそろ秋風の立ち初《そ》める頃まで、清岡は何一つ疑う所もなく、心から君江に愛されるものとばかり思込んでいた。ところが或夜二三の文学者と芝居の帰り、銀座に立寄って見ると、君江は急に心持がわるくなったと言って夕方から店を休んだという事を、他の女給から聞き、友達にわかれてから、一人本村町の貸間へ病気見舞いに行こうとした時、いつも曲る濠端の横町から、突《つ》と現われ出た女の姿を見た。まだ十二時前ではあったが、片側《かたがわ》町《まち》の人家は既に戸を閉め、人通りも電車も杜絶《とだ》えがちになった往来には円タクが馳過《はせすぎ》るばかり。清岡は四五間此方《けんこっち》から、白っぽい絽縮緬《ろちりめん》の着物と青竹の模様の夏帯とで、すぐそれと見さだめ、怪訝《かいが》のあまり、車道を横断して土手際の歩道を行きながら女の跡をつけた。君江はスタスタ交番の前をも平気で歩み過るので、市ケ谷の電車停留場で電車でも待つのかと思いの外、八幡の鳥居を入って振返りもせず左手の女阪《おんなざか》を上って行った。いよいよ不審に思いながら、地理に明るい清岡は感づかれまいと、男の足の早さをたのみにして、ひた走りに町を迂回して左内阪《さないざか》を昇り神社の裏門から境内に進み入って様子を窺うと、社殿の正面なる石段の降口に沿い、眼下に市ケ谷見附一帯の濠を見下す崖上のベンチに男と女の寄添う姿を見た。尤《もっと》もベンチは三四台あって、いずれも××××が肩を摺り寄せて腰をかけていた。清岡はかえって好い都合だと、桜の木立を楯にして次第次第に進み寄り、君江がどんな話をしているかを窺い、同時に相手の男の何者たるかを見定めようと試みた。

清岡はいかなる作者の探偵小説中にも、この夜の事件ほど探偵に成功したはなしは恐らく有るまいと、殆《ほとん》どその瞬間には驚愕《きょうがく》のあまり嫉妬の怒りを発する暇《いとま》がなかったくらいであった。男はパナマらしい帽子を冠り紺地の浴衣一枚、夏羽織も着ず、ステッキを携えている様子はさして老人とも見えなかったが、薄暗い電燈の灯影《ほかげ》にも口髯《ひげ》の白さは目に立つ程であった。腕をまわして帯の下から君江の××××ながら、

「成程ここは涼しい。お前のおかげで、おれもいろいろな事を経験するよ。六十になってベンチで女を待ち合わすなんて、実に我ながら意想外だ。この社殿の向うに今でもきっと大弓場《だいきゅうば》があるだろうが、おれも若い時分に弓をやりに来たことがあった。それから何十年とこの石段を上った事がない。それはそうと今夜はこれからどこへ行こうというんだね。このベンチでも××××ない事もない。はははは。」と笑いながら君江の頬に接吻した。

君江は黙って、暫くの間××××××になっていたが、やがて静にベンチから立上り着

物の××を合せ、髪を撫でながら、「すこし歩きましょう。」と連れ立って石段を下りる。清岡は先刻《さつき》君江が昇った女阪の方へ迂回《まわ》って見えがくれに後をつけた。それとは知らない二人は話しながら堀端を歩いて行く。

「京子は富士見町へ出てから、どうだね。あの女のことだから、きっといそがしいだろう。」

「毎日昼間からお座敷があるんですって。この間ちょっと尋ねたのよ。だけれどろくろく話をしている暇《ひま》もなかったのよ。あなた。これから寄って見ない。居なかったら居なかったで、別にかまやァしないから。」

「うむ。久しぶり、三人で夜明しするのも面白い。諏訪町《すわちよう》の二階では実にいろいろな事をしたね。とにかくお前と京子とは実にいい相棒だよ。僕は昼間真面目な仕事をしている最中でも、ふいと妙な事を考え出すと、すぐにお前の事を思い出す。それから京子の事を思出して、夢でも見ているような心持になるんだ。」

「それでも京子さんに較べれば、わたしの方がまだ健全だわねえ。」

「どっちとも云えない。お前の方が見かけが素人《しろうと》らしく見えるだけ罪が深いよ。カッフェーへ行ってから別に変ったのも出来ないかね。西洋人はどうだ。」

「銀座はあんまり評判になり過ぎるから、そう思うようにはやれないわ。そこへ行くと芸者の方が大びらで、面倒臭くなくっていいわ。諏訪町にいる時分はほんとに面白かったわね。」

「旦那はあれっきりか。まだ出て来ないのか。」

「そうでしょう。その後別に話が出ないから、どの道もう関係はないんでしょう。それにもともと京子さんの方じゃ、借金を返して貰った義理があるだけで、別に何とも思っていた訳じゃないんだから。」

「今度は何て言っている。やはり京子というのか。」

「いいえ。京葉《きようは》さんていうのよ。」

二人は夜ふけの風の涼しさと堀端のさびしさを好い事に戯れながら歩いて新見附を曲り、一《ひと》口坂《くちざか》の電車通りから、三番町の横町に折れて、軒燈《けんとう》に桐花家《きりはなや》とかいた芸者家の門口に立寄った。夏の夜の事で、その辺の芸者家ではいずれもまだ戸を明けたまま、芸者は門口の涼台に腰をかけて話をしているのを、男はなれなれしく、

「京葉さんはいますか。」ときくと、直《すぐ》に家の内から、小づくりの円顔。髪はつぶしにたけながを結んだ女が腰の物一枚、裸体のまま上框《あがりがまち》へ出て来て、

「あら、御一緒。まァうれしいわね。わたし今帰って来たところ。丁度よかったわ。」

「どこかいい家《うち》を教えろよ。ゆっくり話をするから。」

「そうねえ。それじゃァ……。」と裸体の女は行先を男に囁くと、二人はそのまま歩いて四ツ角をまがる。

ここまで跡をつけて来て路地のかげに身をひそめていた清岡は、万事があまりに都合好く進《しん》捗《ちよく》して行くので、このまま中途から帰るわけには行かなくなった。頃合いを計って、清岡は君江のつれられて行った同じ××へと、振りの客になり済まして上り込み、女中には勘定を先に払って、なりたけおとなしい若い芸者をと云い付け、素知らぬ振りで寝てしまった。そして彼《か》

の見知らぬ老人が君江と京葉の二人を相手の遊びざまを思い残りなく窺《うかが》った後、翌日の朝はまだ日の照らぬ中《うち》清岡はそっとその待合を出た。しかし赤坂の家へ帰るには時間が少し早過るので、やむことを得ず四番町の土手公園を歩みベンチに腰をかけて、ぼんやりとして堀向うの高台を眺めた。

清岡は三十六歳のその日まで、夢にも見なかった事実を目撃し、これまで考えていた女性観の全然誤っていた事を知って、嫉妬の怒りを発する力もなく、ただわけもなく鬱《ふさ》ぎ込んでしまった。清岡はその日まで、独り君江に限らず世間の若い女が五十六十の老人に身を寄せて平気でいるのは、恋愛と性慾との不満足を忍んでひたすら生活の安定を得ようがためとばかり思い込んでいたのであるが、あにはからんや。事実は決してそうでない。自分ばかりを愛していると思っていた君江の如きは、事もあろうに淫卑《いんぴ》な安芸者と醜悪な老爺《おやじ》と、××××××して慚《はじ》る処を知らない。清岡は自分の経験と観察とのいかに浅薄であったかを知ると共に、君江に対しては言うに言われぬ憎悪の念を覚え、このままもう二度と顔は見まいと思った。しかしその日家へ帰ってから一寝入りして目をさますと、一時激昂《げきこう》した心も大分おちついている。それと共にこのまま何事をも知らぬ顔に済してしまうのは、あまり言甲斐がなさ過ぎる。面責した上、女の口から事実を白状させてあやまらせねば、どうも気がすまない。しかしまた更に思い直して見ると、君江は見掛けに似ず並大抵の女でない。問われるままに案外無造作に白状してしまうかも知れない。それと共に自分の遊び足りない事と嫉妬を起した事などを心窃《ひそか》に冷笑しないとも限らない。これは男の身にとっては浮気をされたよりも、なおさら忍びがたい侮辱である。

清岡は黙殺するのも無念だし、表面は謝罪《あやま》って、蔭で舌を出されるのはなおさら口惜しいと、さまざま思案した末、やはり何事をも知らぬ振りで表面は今迄通り、飽くまで馬鹿にされながら、その代りいつか時節を待って、痛烈な復讐をしてやるに若《し》くはないと決心した。

清岡は多年原稿生活を営む必要上、腹心《ふくしん》の男を二人使っている。一人は村岡といって、早稲田あたりを卒業したばかりの文士で、毎月百円内外の手当を貰い、清岡の口述する小説を筆記して原稿を製作すると、それを駒田という五十年輩の男が新聞社や雑誌社へ売込みに行く。駒田は多年或る新聞社の会計部に雇われていたので、原稿料の相場にも明るく又記者仲間にも知己が多いので、清岡の受取るべき稿料の二割を自分の取得にする約束で働いているのである。清岡は門人同様の村岡に命じて、君江が歌舞伎座へ見物に行った帰途、安全剃刀《かみそり》の刃で着物の袂を切らせた。もっともその衣類は清岡が買ってやったものである。暫《しばら》くしてから清岡はこれも三越で自分が買ってやった真珠入の櫛を、一緒に自動車に乗った時、その降り際にそっと抜き取って見た。君江はきっと泣いて騒ぐだろうと思いの外、さして気にも留めないらしく、清岡にも又間貸《まが》しのおばさんにも別にそんな話さえしない様子であった。

君江は極めてじだらくで、物の始末をしたことのない、不経済な女である代り、着物もそれほど着たがらない事は清岡も不断から心づいてはいたものの、かくまで無頓着だとは思っていなかった。そこで、留守の中にそっと猫の児の死骸を押入の中に投げ込んで様子を見たが、これさえさほど恐怖の種にはならなかったらしいので、遂に清岡はわるくすると感付かれるかも知れぬと危ぶみながら、君江が内股の黒子の事を、村岡に云い付けて街巷新聞に投書させたのであった。これは大分《だいぶん》君江の心を不安にさせたらしいので、清岡は内心それ見ろと幾分か胸のすくような心地がした。しかし一度目が覚めた後、君江の生活を探偵して見るといよいよ腹の立つ事ばかりなので、報復の手段もただ一時の悪戯ではなかなか気がすまないようになる。もっと激烈な痛苦を肉体と精神とに加えてやる機会を窺うため、清岡は十分相手に油断をさせ、此方《こつち》の胸中を悟られぬよう、以前にも増して飽くまで惚れ込んでいるような様子を示すようにしていたが、平常心の底に蟠《わだかま》っている怨恨《えんこん》は折々われ知らず言葉の端にも現われそうになるのを、清岡は非常な努力でこれを押さえていなければならない。

君江は二十歳。五月三日生まれ。つまり梅雨に入る直前の緑の霊気したたる季節の申し子。日本どくとくの長い雨を控えるこの若緑の季節が荷風は大好きで、とうとう緑と風と雨のしずくから生まれた妖しいヒロインを書いてしまった。

作家としての野心も充分、この二十歳の家出娘に籠める。君江は埼玉のとある老舗の菓子屋のむすめ。家族中が乗り気で進める見合いが嫌で、プイと家を出た。

東京ではゆきあたりばったりで幼なじみの京子をたより、旦那に囲われる彼女から悪いことを習った。ついで上野のカフェーの女給になり、つとめた第一日に新進流行作家の清岡進に見初められ、彼の差配でいま最高のカフェー、銀座はＤＯＮ・ＪＵＡＮの女給として売り出す。以来、清岡の世話になる。

清岡は君江にふかく惚れこむ。店をもたせてもいいと言う。女にとってお得な男であるはずだ。

しかし君江は男に好かれると、飽きる質《たち》。いけずでもいい、けちでも醜くてもいい、もっともっと違う男の味を知りたくなる。他の女給や芸者とは異なり、君江の実家は困っていない。家に仕送りしなくていい。お金なんか稼ぐ必要がない。ただでいいから、色んな男と寝てみたい——それが君江の願いである。

なぁんて自由な女を、荷風は五月の薫風のなかに生み出したのであろう……！　坪内逍遥以来、泉鏡花も荷風の師匠の広津柳浪も、近代日本小説は遊女や女郎や芸者をたいせつなヒロインとして描いてきた。貧しさに耐え、家族のために身を売って稼ぐ社会の底辺の女性の嘆きをテーマとしてきた。

あっけらかんと荷風は、東京も大きくなったし、もうそろそろよい頃だろうと、その伝統的なヒロインの系譜をレール転換する。君江は男が好き。男と寝るのが好き。君江の人生、他に趣味も目的もない。アパートの部屋を乙女らしく飾ることもないし、ファッションにも興味ない。映画やグルメとも無縁。およそ都会の娯楽に無関心。

それより都会には種々の男がいる。彼らのすべてに興味がある。京子の旦那とも寝た。京子の浮気相手とも寝た。それぞれ三人のセットでも楽しんだ。清岡の世話になってからも彼らに誘われ、またも乱交を尽くした。

清岡が君江と知りあったのは五月。はや初秋には君江の本性に気づいた。不審なふんいきの君江をそっと尾行した清岡は、深夜の市ヶ谷八幡神社の境内ベンチで、六十がらみの老人に好きなように肌を撫でられ頬ずりされ、黙ってそのまま更なるいかがわしい遊びの席へ連れてゆかれる君江をしかと見とどけたのであった。

三十六歳の清岡の、女にいだく夢は破壊された。こんな怪物がいたのか。清岡は愕然とし、可愛さ余って憎さがつのる。男の面子をコケにした君江を踏みにじりたい。復讐心の炎を燃やす。今までの変事はすべて清岡の陰険な差し金であった。

府下世田ケ谷町松蔭《しょういん》神社の鳥居前で道路が丁字形《ていじけい》に分れている。分れた路を一二町ほど行くと、茶畠を前にして勝園寺《しょうえんじ》という扁額をかかげた朱塗の門が立っている。路はその辺から阪になり、はるかに豪徳寺《ごうとくじ》裏手の杉林と竹藪とを田と畠との彼方《かなた》に見渡す眺望。世田ケ谷の町中でもまずこの辺が昔のままの郊外らしく思われる最も幽静《ゆうせい》な処であろう。寺の門前には茶畠を隔てて西洋風の住宅がセメントの門牆《もんしょう》をつらねているが、阪を下ると茅葺《かやぶき》屋根の農家が四五軒、いずれも同じような藪垣《やぶがき》を結いめぐらしている間に、場所柄からこれは植木屋かとも思われて、擂鉢《すりばち》を伏せた栗《くり》の門柱に引違いの戸を建て、新樹の茂りに家の屋根も外からは見えない奥深い一構《ひとかまえ》がある。清岡寓《ぐう》と門の柱に表札が打付けてあるが、それも雨に汚れて明らかに読み得ない。小説家清岡進の老父煕《あきら》の隠宅である。

初夏の日かげは真直に門内なる栗や楝《おうち》の梢に照り渡っているので、垣外の路に横たわる若葉の影もまだ短く縮んでいて、鶏《とり》の声のみ勇ましくあちこちに聞える真昼時。じみな焦茶の日傘をつぼめて、年の頃は三十近い奥様らしい品のいい婦人が門の戸を明けて内に這入った。髪は無造作に首筋へ落ちかかるように結び、井の字絣《かすり》の金紗の袷に、黒一ツ紋の夏羽織。白い肩掛を引掛けた丈《せい》のすらりとした痩立《やせだち》の姿は、頸の長い目鼻立の鮮《あざやか》な色白の細面と相まって、いかにも淋し気に沈着《おちつ》いた様子である。携えていた風呂敷包を持替えて、門の戸をしめると、日の照りつけた路端とはちがって、静な夏樹《かじゅ》の蔭から流れて来る微風に、婦人は吹き乱されるおくれ毛を撫でながら、暫《しば》しあたりを見廻した。

麦門冬《りゅうのひげ》に縁を取った門内の小径《こみち》を中にして片側には梅、栗、柿、棗《なつめ》などの果樹が鬱然《うつぜん》と生い茂り、片側には孟宗竹《もうそうちく》が林をなしている間から、その筍《たけのこ》が勢よく伸びて真青な若竹になりかけ、古い竹の枝から細い葉がひらひら絶間なく飛び散っている。栗の木には強い匂の花が咲き、柿の若葉は楓にも優って今がちょうど新緑の最も軟かな色を示した時である。樹々の梢から漏れ落ちる日の光が厚い苔の上にきらきらと揺れ動くにつれて、静な風の声は近いところに水の流でもあるような響を伝え、何やら知らぬ小禽《ことり》の囀りは秋晴の旦《あした》に聞く鵙《もず》よりも一層勢が好い。

婦人は小禽の声に小砂利を踏む跫音《あしおと》にも自然と気をつけ、小径に従って斜《はす》に竹林を廻《めぐ》り、此方《こなた》からは見通されぬ処に立っている古びた平家の玄関前に佇立《たたず》んだ。玄関には磨硝子《すりがらす》の格子戸が引いてあるが、これは後から取付けたものらしく、家はさながら古寺の庫裏《くり》かと思われる程いかにも堅牢に見える。しかしその太い柱と土台には根継をした痕《あと》があって、屋根の瓦は苔で青く染められている。玄関側の高い窓が明放しになっていたが、寂《せき》とした家の内からは何の物音も聞えない。窓の下から黄楊《つげ》とドウダンとを植交《うえまじ》えた生垣が立っていて、庭の方を遮っているが、さし込む日の光に芍薬《しゃくやく》の花の紅白入り乱れて咲き揃ったのが一際引立って見えながら、ここもまた寂としていて、花鋏《はなばさみ》の音も箒《ほうき》の音もしない。ただ勝手口につづく軒先の葡萄棚《ぶどうだな》に、今がその花の咲く頃と見えて、虻《あぶ》の群れあつまって唸《うな》る声が独り夏の日の永いことを知らせているばかりである。

「御免下さい。」と肩掛を取りながら、静に格子戸を明けると寂とした奥の間から、「どなたじゃ。」という声がして、すぐさま襖《ふすま》を明けたのは、真白な眉毛の上に老眼鏡を釣し上げた主人の熙であった。

「鶴子か。さァお上んなさい。今日は婆やはお墓参り。伝助も東京へ使にやって誰《たれ》も居《お》らん。」

「それじゃ、丁度ようございました。代りに何か御用をいたしましょう。」と婦人は包を持ったまま、老人の後について縁側づたいに敷居際に坐り、

「もう虫干をなさいますの。」

「いつという事はない。手がないから気の向いた時、年中やるよ。年寄の運動には一番いい。」

縁側の半程《なかほど》から奥の八畳の間に書帙《しょちつ》や書画帖などが曝してある。障子も襖も明け放してあるので、揚羽の蝶が座敷の中に飛込んで来て、やがてまた庭の方へ飛んで行く。鶴子は風呂敷包を膝の上にほどいて、

「先日のお召物を仕立直してまいりました。あちらへ置いてまいりましょう。ついでにお茶でも入れてまいりましょうか。」

「そう。一杯貰いましょう。茶の間に到来物の羊羹か何か在ったと思うが、ついでにちょっと見て下さい。」と老人は鶴子が座を立つのを見て縁側に曝《さら》した古書を一冊々々片づけはじめた。

荷風の小説というのは、『濹東綺譚』を最たるものとし、まことに重層的である。時間も場所も細密に入り組む。飛び飛びかと思うと、思わぬところでくっ付き、また分かれる。まさに裏道や路地を思わせる。なみたいていの筆力ではこの混沌と複雑をコントロールできまい。

『つゆのあとさき』も複雑で、物語のうわべを流れる時間は五月から七月はじめと短いが、内部のかかえる時間構造は「探偵小説」を意識したジグザグ状をなす。ヒロインも二人いる。どちらに入れ込んで読めばいいか、読者はとまどう。

君江と鶴子。かたや清岡の情婦で、かたや彼の内縁の妻。君江は二十歳のモンスター女給で、鶴子は二十八歳の知的な元お嬢様。ちなみに私はどちらも大好きだ。清岡には断然あっかんべえして、彼をめぐるヒロインのどちらにも味方したい。

君江をいろどるのは雨。鶴子をきわだたせるのは梅雨の晴れ間の太陽。こんな対照にも、ヒロインへの荷風の愛着が読みとれる。

ここで登場する鶴子は、梅雨には貴重な太陽と緑にたおやかに輝く。伝統的な美形である。君江とちがって唇をぽうっと開けていたりしない。歯から愛くるしい舌の先など覗かせない。凜と気を張る。

彼女が久しぶりにごきげん伺いに訪れた義父の世田谷の家は、荷風の理想の隠宅の一つである。遠い明治ののどかな山の手の空気も漂わせる。ゆたかな木々にさえずる小鳥、すぐ開けられる小さな門戸もいかにも荷風好みである。

鶴子はそのむかし人妻でありながら、避暑地のホテルで清岡と道ならぬ恋に落ち、いまだ籍は入れないながら結ばれた。源氏物語を学び、フランス語にも明るい知的な女性である。世間には二度と顔を出せない決意で清岡との恋をつらぬいたものの、流行作家と持ち上げられ、志を忘れて俗にまみれる清岡に失望している。別れて自活したいと思っている。どうしよう、との思いもあり、ついつい敬愛する学者肌の義父のもとへ来てしまった……。

漢学者の義父、熈《あきら》は荷風の理想の父性を体現する。苦悩する若い女性に色気ぬきで、優しく手をさしのべる老人は、花柳小説『腕くらべ』をはじめ、様々な変奏で荷風文学に登場する。

和と洋の文化にすぐれる鶴子には、武家の娘でありクリスチャンでもある荷風の母と祖母のおもかげが託されていよう。荷風文学のヒロインは娼婦やダンサーばかりではない。数は少ないながら、鹿鳴館風の貴婦人文化圏に棲まう女性もいることに留意しておきたい。

鶴子はこの少し後、一大決心をして女学校時代の師のマダム・シュールにしたがい、パリへ出発する。清岡とゆるやかに別れる道を選ぶ。道ならぬ恋をするにも勇猛だが、それがもはや不純で不潔な同棲生活であると見えたとき、自分をだまさず果敢にまたも別の茨の道を進む——まことに勇猛な女性である。

タイプは異なるが、つまり『つゆのあとさき』とは、世間常識と戦う並はずれて勇猛な二人の女性を描く物語なのである。

それに比べ、女性が性的欲望を自発的にもつことに反感をいだき、無意識にその能動性を罰しようとする清岡進のあたまの古さはどうであろう。荷風はときどき男性登場人物にひどく意地の悪い名前をつける。この狭さと古さで、前進するの意味の進とは……！　荷風はにやりとしつつ、彼の愚かさをこれでもかと描く。

短夜《みじかよ》の明けぎわにざっと一降り降って来た雨の音を夢うつつの中《うち》に聞きながら、君江は暫くうとうとしたかと思うと、忽《たちま》ち窓の下の横町から、急に暑くなったわねえという甲高な女の声と小走りにかけて行く下駄の音とに目をさました。軒に雀の囀る声。やや遠く稽古三味線の音。表の方でばたばた掃除をする戸障子の音と共に、隣の屋根に洗濯物でも干しに上るらしい人の跫音《あしおと》がする。雨はすっかり晴れて日が照り輝いていると思うと、昨夜のままに電燈のついている閉切った座敷の中の蒸暑さが一際胸苦しく、我ながら寝臭い匂いに頭が痛くなるようなので、君江は夜具の上から這い出して窓の雨戸を明けようとした。矢田《やだ》は既に昨夜の中わけもなく機嫌を直していた後なので、

「お止しよ。僕があける。実際暑くなったなァ。」

「こら。こんなよ。触って御覧なさい。」と君江は細い赤襟をつけた晒木綿《さらし》の肌襦袢《はだじゅばん》をぬぎ、窓の敷居に掛けて風にさらすため、四ツ匐《ば》いになって腕を伸ばす。矢田はその形を眺めて、

「木村舞踊団なんかより余程《よっぽど》濃艶だ。」

「何が濃艶なの。」

「君江さんの肉体美のことさ。」

君江は知らぬが仏とはよく言ったものだと笑いたくなるのをじっと耐《こら》えて、「矢《や》アさん。あの中に誰かお馴染があるんでしょう。みんな好い身体しているわね。女が見てさえそう思うんだ

から、男が夢中になるのは当然《あたりまえ》だわねえ。」

「そんな事があるものか。舞台で見るからいいのさ。差向《さしむかい》になったらおはなしにならない。ダンサーやモデルなんていうものは、裸体になるだけが商売なんだから、洒落《しゃれ》一つわかりゃァしない。僕はもう君さん以外の女は誰もいやだ。」

「矢さん。そんなに人を馬鹿にするもんじゃなくってよ。」

矢田はまじめらしく何か言おうとした時、女中が障子の外から、「もうお目覚ですか。お風呂がわきました。」

「もう十時だ。」と矢田は枕もとの腕時計を引寄せながら、「おれはちょっと店へ行かなくっちゃならないんだけれど、君さん、今日は晩番《おそばん》か。」

「今日は三時出なのよ。暑くって帰れないから、わたしその時間までここに寝ているわ。あなたもそうなさいよ。」

「うむ。そうしたいんだけれど。」と考えながら、「とにかく湯へはいろう。」

矢田は自分の店へ電話をかけ、どうしても帰らなければならない用事が出来たというので、朝飯も食わず君江を残して急いで帰って行った。その時はかれこれ十二時近くなっていたが、今だに清岡の様子がわからないので、君江は平素《ふだん》から頼んである表の肴屋《さかなや》に電話をかけ、間貸しのおばさんを呼出して様子をきくと、昨夜お友達の女給さんが見えて、先生はその女と一緒にお出かけになったきりだという返事である。君江は事によると先生と瑠璃子《るりこ》と出来合ったのかも知れない。それで此方《こっち》へは姿を見せないのだろうと思った。しかしただそう思っただけの事で、君江はそれについてとやかく心を労する気にはならなかった。十七の秋家を出て東京に来てから、この四年間に肌をふれた男の数は何人だか知れない程であるが、君江は今もって小説などで見るような恋愛を要求したことがない。従って嫉妬という感情をもまだ経験した事がないのである。君江は一人の男に深く思込まれて、それがために怒られたり恨まれたりして、面倒な葛藤を生じたり、又は金を貰ったために束縛を受けたりするよりも、むしろ相手の老弱美醜を問わず、その場かぎりの気ままな××××にした方が後くされがなくて好いと思っている。十七の暮から二十になる今日が日まで、いつもいつも君江はこの××のいそがしさにのみ追われて、深刻な恋愛の真情がどんなものかしみじみ考えて見る暇がない。時たま一人貸間の二階に寝ることがないでもないが、そういう時には何より先に平素の寝不足を補っておこうという気になる。それと同時に、やがて疲労の恢復《かいふく》した後おのずから来るべき新しい××を予想し始めるので、いかなる深刻な事実も、一旦睡《ねむり》に陥《おちい》るや否や、その印象は睡眠中に見た夢と同じように影薄く模糊《もこ》としてしまうのである。君江は睡からふと覚めて、いずれが現実、いずれが夢であったかを区別しようとする、その時の情緒と感覚との混淆《こんだく》ほど快いものはないとしている。

この日も君江はこの快感に沈湎《ちんめん》して、転寝《うたたね》から目を覚した時、もう午後三時近くと知りながら、なお枕から顔を上げる気がしなかった。枕もとを見れば、昨夜脱ぎ捨てた着物や、解きすてた帯紐に取乱されている裏二階の四畳半は、昨夜舞踊家の木村が帰った後、輸入商の矢田が来て、今朝方帰りがけに窓の雨戸一枚明けて行ったままで、消し忘れた天井の電燈さえまた昨夜と同じように床の間の壁に挿花の影を描いている。懶《ものう》い稽古唄や物売の声につれて、狭間《ひあわい》の風が窓から流れ入って畳の上に投げ落した横顔を撫でる心地好さ。君江は今こういう時、矢田さんでも誰でもいいから来てくれればいい、そうすればありとあらゆる身内の××××かけてやろうものをと思うと、いよいよ湧き起る妄想の遣瀬《やるせ》なさに、君江は軽く瞼《まぶた》を閉じ、われとわが胸を腕の力かぎり抱きしめながら深い息をついて身をもだえた。その時静に襖《ふすま》の明く音がして、屏風《びょうぶ》の前に立った男の姿を、誰かと見れば昨夜から名残惜《なごりお》しく思っていた木村義男である。

「あら。」と君江はわずかに顔を擡《もた》げながら、起直りもせず、××××××××××××××、×××××××××××××、「わたし、夢を見ていたのよ。」

まあ、それにしても君江が怪物なのは確かで、カフェーに来る気前のいい自動車商の矢田を悩殺してみたり、かと思えば女学生のように舞台上の若い男性ダンサーにあこがれて、まんまと彼を手に入れたり、とにかく体の欲望をみたすに全力を尽くす日々である。

この日も二人の男のあいだを巧みにすり抜け、快楽のあとのうたた寝に身をまかせる。君江の肌には特異な匂いがあって、なめらかな手ざわりとともに体臭が男を惑わせるという。それなら雨の季節は最もこの怪物が危険なとき。今このときも肌は湿って汗くさく、彼女を抱きしめる男が来るのを寝床のなかで待ちかまえている。

「おじさん。わたしも今から考えて見ると、諏訪町で御厄介になっていた時分が一番面白かったんですわ。さっきも一人でそんな事を考出して、ぼんやりしていましたの。今夜はほんとに不思議な晩だわ。あの時分の事を思い出して、ぼんやり小石川の方を眺めている最中、おじさんに逢うなんて、ほんとに不思議だわ。」

「なるほど小石川の方がよく見えるな。」と川島も堀外《ほりそと》の眺望に心づいて同じように向うを眺め、「あすこの、明るいところが神楽坂だな。そうすると、あすこが安藤坂で、樹の茂ったところが牛天神になるわけだな。おれもあの時分には随分したい放題な真似をしたもんだな。しかし人間一生涯の中に一度でも面白いと思う事があればそれで生れたかいがあるんだ。時節が来たら諦めをつけなくっちゃいけない。」

「ほんとうね。だから、わたしも実は田舎の家へ帰ろうかと思っていますの。女給をしていても、それは別にかまわないんですけれど、つまらない事から悪く思われたり恨まれたりするのがいやですし、それにいつどんな目に遇わされるかしれないと思うと、何となくおそろしい気がしますから……。おじさん、わたし十日ばかり前に自動車からつき落されて怪我をしたんですよ。まだ、痕がついているでしょう。ね。それから腕にも痕が残っています。」と浴衣の袖をまくり上げて見せた。

「かわいそうに。ひどい目に逢ったな。恋の意恨か。」

「おじさん。男っていうものは女よりも余程執念深いものね。わたし今度始めてそう思いましたわ。」

「思込むと、男でも女でも同じ事さ。」

「じゃ、おじさんもそんな事を考えた事があって、先《せん》に遊んでいる時分……。」

突然土手の下から汽車の響と共に石炭の烟《けむり》が向の見えない程舞上って来るのに、君江は川島の返事を聞く間もなく袂《たもと》に顔を蔽《おお》いながら立上った。川島もつづいて立上り、

「そろそろ出掛けよう。差閊《さしつかえ》がなければ番地だけでも教えておいて貰おうかね。」

「市ケ谷本村町〇〇番地、亀崎ちか方ですわ。いつでも正午《おひる》時分、一時頃までなら家にいます。おじさんは今どちら。」

「おれか、おれはまァ……その中《うち》きまったら知らせよう。」

公園の小径は一筋しかないので、すぐさま新見附へ出て知らず知らず堀端の電車通りへ来た。君江は市ケ谷までは停留場一ツの道程《みちのり》なので、川島が電車に乗るのを見送ってから、ぶらぶら歩いて帰ろうとそのまま停留場に立留っていると、川島はどっちの方角へ行こうとするのやら、二三度電車が停っても一向乗ろうとする様子もない。話も途絶えたまま、又もや並んで歩むともなく歩みを運ぶと、一歩《ひとあし》々々市ケ谷見附が近くなって来る。

「おじさん。もうすぐそこだから、ちょっと寄っていらっしゃいよ。」と言った。君江はもし田舎へでも帰るようになれば、いつ復逢《また》うかわからない人だと思うので、何となく心寂しい気もするし、又あの時分いろいろ世話になった返礼に、出来ることならむかしの話でもして慰めて上げたいような気もしたのである。

「さしつかえは無いのか。」

「いやなおじさんねえ。大丈夫よ。」

「間借をしているんだろう。」

「ええ、わたし一人きり二階を借りているんですの。下のおばさんも一人きりですから、誰にも遠慮はいりません。」

「それじゃ鳥渡《ちょっと》お邪魔をして行こうかね。」

「ええ。寄っていらっしゃいよ。おばさんは誰か男の人が来ると、何でもない人でも、いやに気をきかして、すぐ外へ行ってしまうんですよ。あんまり気が早いんで気まりのわるい事がある位ですわ。」

君江は堀端から横町へ曲る時、折好く酒屋の若いものが路端に涼んでいたのを見て、麦酒《ビール》三本と蟹の缶詰とを云付け、「おばさん。ただいま。」と云いながら川島を二階へ案内した。留守の中老婆が掃除をしたと見え、鏡台の鏡には友禅の片《きれ》が掛けられ、六畳の間にはもう夜具が敷きのべてあった。川島は障子際に突立ったまま内の様子を見てびっくりしたように目ばかり光らせているので、君江は何の事とも察しがつかず、「おばさんはまだ病気だと思っているのよ。今片づけますわ。」と押入の襖をあけて枕をしまいかける。

川島は始めて我に返ったらしく狼狽《うろた》えた調子で、「君子さん。かまわずにおいてくれ。お客様にされちゃアかえってこまる。」

「じゃ、このままにしておきましょう。御厄介《ごやっかい》になっている時分、着物一つ畳んだ事がないってよくお京さんに言われましたわね。だらしがないのはその時分から、おじさんも御承知なんですから。」と鏡台の前に在ったメリンスの座布団を裏返にして薦《すす》めた。

おばさんが麦酒と蟹の缶詰に漬物を添えて黙って梯子段の上の板の間に置いて行く。その物音に君江は立って座敷へ持運び、「おじさん。お肴《さかな》なら何でも御馳走しますわ。表の家が肴屋ですから窓から呼べば何でも持って来ます。」

川島は君江のついだビールを一息にコップ一杯飲干したまま、何とも云わず、明放した窓から見える外の方へ気をくばっている様子に、君江は一度懲役《ちようえき》に行くとこうまで世間へ気をかねるようになるものかと、気がついてみればいよいよ気の毒になって、

「わたし、今日起きたせいだか、暑いくせに何だか風が寒いような気がするのよ。」とその実《じつ》蒸暑くてならないのに、窓の障子を半ばしめてしまった。

（中略）

十日ばかり君江も酒を断っていた後なので、話をしている中に忽ち取寄せた三本のビールを空にしてしまった。

「商売だけあって凄くなったたな。あすこに在るのはウイスキーじゃないか。」

「アラ。病気や何かで、すっかり忘れていたわ。」と君江は棚の上に載せたままにしておいた角壜の火酒を取りおろして湯呑につぎ、「グラスがないからこれで我慢して下さい。」

「おれはもういけない。」

「じゃァビールか日本酒を貰いましょう。」

「もう何にもいらない。久し振りで飲むとカラ意久地《いくじ》がない。帰れなくなると大変だ。」

「お帰りになれなかったら、そこへお休みなさい。かまいません。」と君江は湯呑半分ほどのウイスキーを一口に飲干す。

「女給さんの手並みはなるほど見事だ。」

「日本酒よりかえっていいのよ。後で頭が痛くならないから。」と咽喉の焼けるのを潤すために、飲残りのビールを又一杯干して、大きく息をしながら顔の上に乱れかかる洗髪《あらいがみ》をさもじれったそうに後へとさばく様子。川島はわずか二年見ぬ間に変れば変るものだと思うと、じっと見詰めた目をそむける暇《いとま》がない。その時分にはいくら淫奔《いんぽん》だといってもまだ肩や腰のあたりのどこやらに生娘《きむすめ》らしい様子が残っていたのが、今では頬から頤《おとがい》へかけて面長の横顔がすっかり垢抜けして、肩と頸筋《くびすじ》とはかえってその時分より弱々しく、しなやかに見えながら、開けた浴衣の胸から坐った腿のあたりの肉づきは飽くまで豊艶《ゆたか》になって、全身の姿の何処ということなく、正業の女には見られない妖冶《ようや》な趣が目につくようになった。この趣はたとえば茶の湯の師匠には平生の挙動にもおのずから常人と異《ちが》ったところが見え、剣客の身体には如何にくつろいでいる時にも隙がないのと同じようなものであろう。女の方では別に誘う気がなくても、男の心がおのずと乱れて誘い出されて来るのである。

「おじさん。わたしも今ので少し酔って来ましたわ。」と君江は横坐りに膝を崩して窓の敷居に片肱《かたひじ》をつき、その手の上に頬を支えて顔を後に、洗髪《あらいがみ》を窓外の風に吹かせた。その姿を此方《こなた》から眺めると、既に十分酔の廻っている川島の眼には、どうやら枕の上から畳の方へと×××××××れる時のさまがちらついて来る。

君江は半ば眼をつぶってサムライ日本何とやらと、鼻唄をうたうのを、川島はじっと聞き入りながら、突然何か決心したらしく、手酌《てじゃく》で一杯、ぐっとウイスキーを飲み干した。

＊

何やら夢を見ているような気がしていたが、君江はふと目をさますと、暑いせいかその身は肌着一枚になって夜具の上に寝ていた。ビールやウイスキーの壜はそのまま取りちらされているが、二階には誰もいない。裏隣の時計が十一時か十二時かを打続けている。ふと見ると枕もとに書簡箋が一枚二つ折にしてある。鏡台の曳出《ひきだ》しに入れてある自分の用箋らしいので、横になったままひろげて見ると、川島の書いたもので、

「何事も申上げる暇がありません。今夜僕は死場所を見付けようと歩いている途中、偶然あなたに出逢いました。そして一時全く絶望したむかしの楽しみを繰返す事が出来ました。これでもうこの世に何一つ思い置く事はありません。あなたが京子に逢ってこのはなしをする間には僕はもうこの世の人ではないでしょう。くれぐれもあなたの深切《しんせつ》を嬉しいと思います。私は実際の事を白状すると、その瞬間何も知らないあなたを一緒にあの世へ連れて行きたい気がした位です。男の執念はおそろしいものだと自分ながらゾッとしました。では左様《さよう》なら。私はこの世の御礼にあの世からあなたの身辺を護衛します。そして将来の幸福を祈ります。

ＫＫより。」

君江は飛起きながら「おばさんおばさん」と夢中で呼びつづけた。

この小説のラストの場面、梅雨が明けてにわかに暑くなった七月十日過ぎの夜のことである。じつは君江は六月末に、初めて恐ろしい目にあい、都会の底知れなさを感じた。小雨が降りだした仕事帰りのことだった。いつものように同じ方角の二人の女給とタクシーを拾い、市ヶ谷に住む君江がさいご一人になった。と、それを待っていたように運転手が「君子さん」となれなれしく呼ぶ。「あの時分は十円だったね」と鎌をかける。

京子の家で秘密の商売を覚えはじめた、ぽっと出の十代のときに寝た客だった……！ つきまとおうとする彼に、「下《おろ》せっていうのに、何故《なぜ》下さないんだよ。男が怖くって夜道が歩けるかい。馬鹿ッ。」と素敵なたんかを切る。腹いせに、勢いをました雨の中を車から放り出され、泥まみれになる。

男が怖くって夜道が歩けるかい――何度聞いても胸がすく。家で守られている奥さまやお嬢さまとはこちとら違うんだい、女の身で人目に立つ夜の仕事、こうでも覚悟しなけりゃやってられるかい。堂々たる女給の本懐である。仕事人の矜持である。

しかし、ために深夜の道路に投げ出されて軽いけがをし、風邪をひいて病みついた君江は、初めて男が怖くなる。世の無常を感ずる。いなかへ帰ろうかと思う。

風邪がなおったら、いつのまにか辺りはすっかり夏。ぼんやりアパート近くのお堀端をさんぽしていると、やはり小娘の頃にさんざお世話になって遊びもした京子の旦那、会社の金の使い込みがばれて今は落ちぶれた、なつかしい川島の「おじさん」にめぐり会う。

荷風の小説には一貫して、男女の偶然の出会いが多い。作者も自覚している。江戸の恋愛小説なんて皆そうさ、と割り切っている。東京も今よりずっと狭かったから、特定の場所に特定の遊び人が集まるのは、そう不自然でもない。

さあ、ここで君江の損得ぬきの男好きが天上的にかがやく。男をある種の金づると頼る女性の立身出世欲とは無縁の、理想のヒロイン君江への荷風の愛もかがやく。

尾羽うち枯らしたおじさんを、心底かわいそう、と思う。うちに呼んで一杯気もちよく飲ませてあげようと思う。

アパートの家主のおばさんが、カタカタそまつな階段をのぼり、運んでくるカニの缶詰がいい味を出している。君江の心づくしを表わす。前科者らしく窓を気にするおじさんのため、寒いわね、とさり気なく窓の障子をしめるのも優しく、まことに女らしい。

ところで部屋を閉めきったため、そこはかとなく妖しい空気がただよい、そこは君江で構えず川島と自然に寝てしまう。うまい。そして面白い。君江を徹底した専門家として、茶の湯の師匠や剣客のおのずからなる身構えにたとえるくだりなど、哀切のなかに笑いがある。

さいごの川島の置手紙の言葉も印象に残る。「あの世からあなたの身辺を護衛します」とは、騎士道を思わせる。君江が男たちの報復を怖がっていることを知っての、優しくけなげな誓いである。川島はさいごに最高に男を上げた。君江も女を上げた。

君江は他にも川島のように、本質的に頭のよい、世の中をよく見ている男とふかく関わってきた。だから今まで自由に生きて来られた。彼女の運のよさであり、汚れきらない無垢の人柄のためでもあろう。君江の発する「おじさん」という呼び名が、なんとも愛らしくあどけなくこの作品の最後をいろどる。

寝顔

大正十二年、一九二三年六月、「女性」の巻頭に発表された短篇小説である。関東大震災の直前ということになる。二か所の抄出をかかげる。

龍子は六歳の時父を失ったのでその写真を見てもはっきりと父の顔を思出すことができない。今年もう十七になる。それまで龍子は小石川茗荷谷《みようがだに》の小じんまりした土蔵付の家に母と二人ぎり姉妹のようにくらして来た。母の京子は娘よりも十八年上であるが髪も濃く色も白いのみか娘よりも小柄で身丈さえも低い処から真実姉妹のように見ちがえられる事も度々であった。

龍子は十七になった今日でも母の乳を飲んでいた頃と同じように土蔵につづいた八畳の間に母と寝起を共にしている。琴三味線も生花茶の湯の稽古も長年母と一緒である。芝居へも縁日へも必ず連立って行く。小説や雑誌も同じものを読む。学課の復習試験の下調も母が側から手伝うので、年と共に龍子自身も母をば姉か友達のように思う事が多かった。

しかし十三の頃から龍子は何の訳からともしらず折々こんな事を考えるようになった。母はもし自分というものがなかったなら今日までこうして父のなくなった家にさびしく一人で暮してはいられなかったかもしれない。自分が八ツの時亡くなった祖母の家にとうに帰ってしまわれたかもしれない。母がこの年月ここにこうしていられるのは全く自分の生れたためではないか。龍子は母が養育の恩を今更のように有難く忝《かたじけ》なく思うと共に、また母に対して何とも知れず気の毒のような済まないような気もして自然と涙ぐんだ。それ以来龍子はただに母と自分の身の上のみならず見廻す家の内の家具調度または庭の植木のさまにまで底知れぬ寂しさを感ずるようになった。

娘の名は龍子。母の名は京子。
早く父の亡くなった家で姉妹のように寄りそって暮らす。母はふつうの親のように怒ったり説教したりしない。おけいこも一緒、遊ぶのも一緒。百年ほど前の日本では珍しい友だち母娘である。
支配する男性のいない静かでフェミニンな家は、荷風の理想でもあるのだろう。竹久夢二の絵や吉屋信子の少女小説の流行する大正の、あまい乙女な空気をたくみに吸収する小品である。

　新来の若い医者は三日ほどたって復《また》診察に来た。龍子は母の枕元で話をしながらシュウクリイムを一口頬張った所なので、次の間へ逃出して口のはたと指先とをふいた後静《しずか》に元の座に立戻った。医者は母に向って食慾の有無と又咳嗽《せき》が出るか否かを簡単にきいたばかりで、脈搏も見ず体温も計らず、又患者の胸に聴診器を当てても見なかった。そして携えて来た鞄から処方箋を取出して処方を認《したた》めるとその儘だまって座を立った。龍子は老《とし》った桑島先生の診察がいつもいやになる程念入れであったのに引くらべて、岸山先生の診察振りのこれは又あまり簡単過

ぎるのに少し頼りないような気もして、女中と一緒に玄関まで送り出した後母の枕元に坐るが否や、

「おかァ様、今度の先生はどこも見ないんですね、あれでいいんでしょうか。」というと母は別に重い病気ではないただ風邪を引いたばかりだからあれでいいのでしょうと答えて安心している様子に龍子もそれなり何もきかなかった。もともと龍子は年とった桑島先生を深く信用している訳ではなかった。ただ経験を積んだ御世辞のいい開業医に過ぎない事を知っていたので、新来の岸山先生の簡単な診察振と愛想気のない態度については却《かえ》って学者にふさわしいような気もした所から、その後病気になった時には母のすすめるのを待たず進んで岸山先生の診察を受けた。

　或る晩龍子は母と一緒に有楽座へ長唄研精会の演奏を聞きに行った時廊下の人込の中で岸山先生を見掛けた。岸山先生は始めて診察に来た時の無愛想な態度とはちがって鄭寧《ていねい》に挨拶をした。それから暫《しばら》くたってやはり母と一緒に帝国劇場へ行った時また岸山先生に出会った。そして誘われるままに紅茶を飲んだ。龍子は帰りの電車の中で岸山先生が長唄を習っているということを母から聞いた。

　母子は毎年八月になると鎌倉か逗子かへ二三週間避暑に行く。龍子が十五になった時の秋、東京にコレラが流行して学校は九月末まで休みとなった所から、母子は一度東京へ帰ってまた鎌倉へ引返した事があった。滞在中に二度ほど岸山先生が見えた。二度とも鎌倉のある病家へ往診に来たついでだという事であった。二度目の時龍子は母と先生と三人して海水を浴びに行

った。晩食をも一緒にすましてから先生は最終列車で東京へ帰る。それをば母子は涼みながら停車場まで送って行った。

次の年、龍子はもう十六である。去年と同じように鎌倉に避暑していた時龍子は毎日母と二人ぎり差向いのたいくつさに、今年も岸山先生が遊びに来て下さればよいのにと言ったが、母は笑ったばかりで何とも云わなかったので、次の日龍子は「わたし先生に手紙を上げて見ましょうか。」というと母はちょっと龍子の顔を見てすぐに笑顔をつくり、「病気でもないのに、お気の毒です。」と言った。

東京に還《かえ》ってからその年は冬になっても母子二人ともに風邪一つ引かなかったので、龍子は岸山先生の姿を見ずに間もなく十七の春を迎えた。

梅がさきかけた時分、或る日学校からの帰り道龍子は電車の中で隣に腰をかけている二人連の見知らぬ男の口から、茗荷谷という自分の住んでいる町の名と、小林という自分と同じ名前が幾度か言出されるのをふと聞きつけて何心なく耳を澄した。二人とも洋服を著た三十代の男で頻《しきり》に岸山医学士の事を噂している中に確《たしか》に母の京子と覚しい或女の事が交えられている。龍子は車体の動揺車輪の響と乗客のざわつく物音にも係らず二人の談話の何たるかを明らかに推察することが出来た。急に顔が火のようにほてって来る。胸の動悸が息苦しい程はずんで来る。電車がとまった。龍子はついと立上って込合う乗客を突きのけて車を下りた。「乱暴な女だな」と驚いたもののあった位なので龍子は停留場のいずこであるかも暫くは知らなかった。

空は晴れているが風が強いので面も向けられぬ程砂ほこりの立つ中を龍子は家まで歩き通し

に歩いた。

　その夜龍子はいつものように、生れてから十七年、同じように枕を並べて寝た母の寝顔を、次の間からさす電燈の火影にしみじみと打眺めた。

　日が暮れてもなお吹き荒れていた風はいつの間にかぱったり止んで雨だれの音がしている。江戸川端を通る遠い電車の響も聞えないので時計を見ずとも夜は早や一時を過ぎたと察せられる。母はいつもと同じように右の肩を下に、自分の方を向いて、少し仰向《あおむき》加減に軽く口を結んでいかにも寝相よくすやすやと眠っている。龍子は母が病気の折にも、翌朝学校へ行くのが遅れるといけないからと言われて極《きま》った時間に寝かされてしまう所から、十七になる今日が日まで、夜半にしみじみ母の寝顔を見詰めるような折は一度もなかった。

　束髪《そくはつ》に結った髪は起きている時のように少しも乱れていない。瞼《まぶた》が静に閉されているので濃い眉毛は更に鮮かに、細い鼻と優しい頬の輪廓とは斜にさす朧《おぼろげ》気な火影に一際際立ってうつくしく見えた。雨は急に降りまさって来たと見えて軒を打つ音と点滴の響とが一度に高くなったが、母は身動きもせずすやすやと眠っている。しかしそれは疲れ果てて昏睡した傷《いたま》しい寝姿ではない。動物のように前後も知らず眠を貪《むさぼ》った寝姿でもない。龍子は綺麗な鳥が綺麗な翼に嘴《くちばし》を埋めて、静に夜の明けるのを待っている姿を思い浮べた。

　ちいさい頃は無心で母を慕った。しかし十七歳で自身も恋を夢みる龍子は、母の女性としての淋しさに気づく。申し訳ない、とも思う。小品ながら、しだいに時間は逆に廻り、龍子の十三歳、十五歳、十六歳の思い出の風景をたどる。

龍子が十三歳のとき、母に小さな秘めごとができた。ホームドクターだった老医師のかわりにやって来た、母と同世代のすてきな岸山先生。先生はまじめな外見に似ず、芸事やお芝居が好き。母娘の趣味と合う。劇場で出会ったりと、しだいに親しくなった。といってもその距離は微妙。しかしもしや母と先生は……十七歳になった龍子は世間の目に気づく。いやらしい、などと思わない。母にロマンスのあったことを逆に祝福したい思いが胸に湧く。

母のむじゃきな寝顔が絶品である。梅が咲きはじめた早春の夜の雨の響くなか、となりに横たわる少女の視線にとらえられ、清らかなおもかげがほのかに浮かぶ。医師の訪問におどろき、母の枕もとでシュークリームをほおばっていた龍子があわてて逃げ出すかわいらしさと好一対だ。

母娘にはモデルがいるのかもしれない。とうじ女性評論家として活躍していた三宅やす子には、文化学院にかようお年頃のおしゃれな令嬢がいて、すてきな新しい母娘として評判だった。三宅やす子は若くして未亡人となり、年下の若い学者とのロマンスをうわさされていた。彼女は、荷風が明治の閨秀作家として敬していた三宅花圃の親戚に当たる。

そうした最先端の大正の知的女性のありようも映されているかもしれないし、何より純で清らかな未亡人の京子には、夫を亡くした後の荷風の母、永井恒のイメージも託されていよう。

夫を亡くした嘆きに黒く染まらず、ますます永遠の少女性を深めてひとり知的に生きる未亡人のすがたは、太平洋戦争中に書かれた長編小説『浮沈』にも印象的にかかげられる。荷風の理想の女性像である。

そういえば、荷風は多くの女性のいろいろな寝顔を知っていたはずの人である。しかしめったに女性の寝顔は書かない。読むかぎり、本作と『浮沈』は最高の寝顔小説である。両作とも、世間の俗から解放された童女のような寝顔があどけなく安らかに浮かぶ。自分はよく寝る、眠るために生まれてきたようだと荷風は随筆で洩らす。人生のなかで眠りの時間を大切にした荷風らしい、寝顔へのこだわりがうかがわれる。

踊子

太平洋戦争中に、出版のあてなく荷風がひとり書きすすめた中篇小説である。敗色あきらかな昭和十八年、一九四三年冬から翌年二月にかけて執筆され、戦後の昭和二十一年一月、「展望」に発表された。四か所の抄出をかかげる。

震災後も映画にはまだ弁士が出て説明をしたり、楽師が大勢で伴奏をしたりしていた時分です。わたしは××大学の学生でしたが、中学生のころから習いおぼえたヴィオロンを提げて、時折映画伴奏の手つだいに行ったのが病みつきとなり、学校も中途でよしてしまい、とうとう浅草の楽隊になりさがってしまったのです。

程なく映画にはトーキーが発明されて弁士と楽師とは不用になりましたが、丁度その頃から米国風のジャズ音楽が盛《さかん》になったので、楽師はダンス場、カフェー、歌劇やレビューをやる劇場、どこへ行っても百円内外の給金にはありつけましたから顎のひあがる心配はありませんでした。わたしは活動小屋で一緒になっていたバンドの連中と共に、そのまま公園に居残ってレビューをやる芝居小屋をあちらこちら一円でも給金の多いところへと渡りあるいていたのです。舞台下の楽座から踊子が何十人と並んで腰をふり脚を蹴《け》上げて踊る、その股《また》ぐらを覗きながらヴィオロンをひいているのも、初《はじめ》の中《うち》はまんざら悪くはなかった。映画の伴奏をするよりも、二十《はたち》のわかい身空には言いがたい刺戟がありました。

世の中は満洲事変から上海事変、爆弾三勇士の手柄話なんぞで、年々物騒《ものさわが》しくなって行きましたが、しかしその時分には何か事が起れば、提灯行列や何かで、要するに酔払う機会が多くなるばかり、揚句の果は日本中真暗闇になって、酒はおろか食うものまでが無くなるようになろうとは、誰一人考えているものはありませんでした。銀座辺では女給にダンサー、マネキンに街娼なんぞの噂ばかり。公園では剣劇とレビューの全盛時代。どこの楽屋にも二三十人女優や踊子がごろごろしていました。興行は通例十日から十五日替りで、初日の前の晩はきまって舞台稽古に夜をあかすのですから、わかい男女の寄集っている楽屋の中のこと、その晩にはいろいろの事がありました。

わたしがその頃花井花枝《はなえ》と番組に芸名を出しているシャンソン座の踊子と出来合い、遂に同棲するようになった、その始りもやっぱり舞台稽古の晩からで。わたしはその時二十七、花枝はたしか二十一でした。当人の述懐によれば十六の時、デパートの食堂ガールになり宝塚少女歌劇を看て舞台にあこがれ、十八の時浅草○○館の舞踊研究生になった。そして大勢一緒に海水着も同様な衣裳に、身体《からだ》中はわずかに胴だけをかくし脚を蹴上げてスッチャカスッチャカ踊っていさえすれば、やがて人気の花形《スター》になりパトロンがついて一座の座がしらになれる――踊子になるものは誰しも皆そう思っているのですが、さてそうなるものは十人の中にまず一人か二人、後はみんな何年たっても、いくつになっても踊子は踊子で、する中に一座の役者か楽師とでき合い、別れては又別の男とくっつき、しまいに子供ができて、いやおうなく夫婦共稼の貧乏ぐらしに年をとってしまうのです。

わたしと花枝との間には子供ができなかったので、二人の給金を合せれば何のかのと二百円ちかくの収入。その日のことには不自由もしませんでしたが、さて何商売によらず、それで飯をくうようになると、初め面白かった事もつまらなくなるのが常で、二三年たつか、たたない中、わたしはジャズ音楽には飽き飽きして来る。花枝も花形になる夢が消えてしまえばダンスは舞台の上の労働としか思われません。年がら年中一日も休みなし、日曜なんぞは朝の九時から夜の十時まで同じ事を四五回やるのが公園の例ですから、すこし身体の調子のよくない時なんぞ、つくづく家業がいやになるのです。

春になってから雪がちらちら降って来た朝でした。

その年の春ほど雪のふった年はありません。バスも電車も夜になってから運転中止となり、或芝居では見物がその儘《まま》座席で夜明しをしたとかいうのも、たしかその年のことでしたろう。前の晩から二人とも風邪気味で、その日の朝は起るのがいやでいやで仕様がありません。枕元の目覚時計を怨めしそうに眺めて、休もうか、どうしよう。休むとしても二人一緒には休めまい。とすればお前が休むか、おれが怠けるか、どっちにしようと、夜具の中でもじもじしていた時、アパート管理人の声で、頻《しきり》に花井さん花井さんと言って呼びますから、わたしは男だけに身支度も手早く降りて行くと、電報が来たのです。午前十一時十分に上野駅につくから宜《よろ》しくとの文言《もんごん》。仙台で或工場の門番か何かしている花枝の親元から、妹の出京を知らして来たのです。前以《もっ》て手紙もきていましたから話はわかっています。妹の千代美《ちよみ》というのが十七になり東京へ行きたがっているから何分頼むという話。わたしは写真を見たことがあるだけですから、姉の花枝が風邪気味ながら迎いに行くことになり、わたしは休まずに芝居へ行きました。

二回目の幕が下りて三回目の夜の興行になるまでの間に暇がありますから花枝の風邪もどんな塩梅かと、アパートに還って見ると、姉妹二人《きょうだいふたり》で銭湯から帰って来たところでした。妹はわたしの顔を見ると、姉がまだ何とも言わない先にそれと察して、「兄さん。お願いします。」と入口の側《そば》にベッタリ坐り両手をついてお辞儀をしました。その様子がいかにもあど気《け》なくかわいらしく思われた。初対面の印象が非常によかったのが、後難《こうなん》の基《もと》で、後悔先に立たずです。といって、別に驚くほどの美人でも何でもありゃしません。姉によく似た下《しも》ぶくれの円顔、鼻も高からず目尻もさがった方ですが、その血色とその表情のわかわかしさ。この年月浅草の陋巷《ろうこう》に棲息している脂粉の女ばかり見馴れていたわたしの眼には、美しいというよりもむしろ気高く見え、銭湯で白粉《おしろい》を洗落した姉の顔の荒れすさんだ汚《きたな》らしさが、その時はことに目立って見えました。

花枝と千代美。二十六歳と十七歳の姉妹。

この踊子姉妹のあいだでゆらゆらと、誘われ泣かれてどっちにも心ひかれる、だめな男「わたし」が回想する物語のかたちを取る。

大学は出たものの、愛するモーツァルトもどこへやら、バイトで始めたレビュー音楽が面白くて、浅草小劇場のバンドマンにずり落ちた「わたし」。荷風自身と通ずるところも、かなり異なるところも合わせ持つ。

あえて浅はかで利己的な庶民の目を借りて、戦争で日本が「真暗闇」になるまで気づかなかった、脳天気でのん気な国民性を照らしだす。とともに列島が戦場となる直前の、浅草の娯楽場をつかのま彩った華やかな灯りを哀しくなつかしく忍ぶ。

昭和七年。世は戦争景気を背景とするレビューの全盛で、「わたし」は六歳ほど下の仙台出身のダンサー花枝と楽屋で知りあい同棲し、共稼ぎのその日暮らしを満喫する。

それから五年。物語の現在は昭和十二年早春。若くて元気のよかった二人もいささか老けた。「わたし」は三十すぎ、花枝も二十六。「貧乏ぐらし」で終わる浅草の芸人生活の先も見えてきた。スタミナも減り、夢中でつとめたステージの毎日がつらくなる。

そこへ花枝のいもうとが、昔の姉のように東京にあこがれて、二人のアパートへ転がりこんでくることとなる。折しも舞う春の雪とイメージがかさなるのが可憐だ。

これを書く六十五歳の荷風の言葉の感覚は、濡れるように新鮮だ。「スッチャカ」などと平気で書く。古い優美な言葉と同じほど、世のはやりの無意味な言葉をいつくしんで使う。時代の〈今〉の風速を、言葉を通してとくと味わっている。

地方出の少女が浅草という土地の風に染るのは実に早いものです。わたしは毎日寝起に姉と一緒に芝居へ出勤して夜も十時過でなければ帰って来ませんから、朝飯を一緒にたべる時の外《ほか》、ろくろく妹と話をする暇もありません。する中《うち》、夜帰って来ても妹はどこを遊びあるいているのか、内に居ないこともありました。そういう晩がだんだん多くなって来たのですが、土地柄といい、われわれの商売柄といい、別に気にも留めず小言を言いもしません。時には一緒になって御好焼屋《おこのみやきや》のどこがいいの、わるいのと、食べもの屋の評判をする事もあったくらいでした。

あくる朝早くから舞台稽古があるという晩なんぞ、わたし達二人は妹千代美の帰って来ない中に寝てしまう事もありました。借りた室《へや》は六畳に、炊事場のついた出入口の二畳だけですから、千代美は帰って来ると、わたし達二人がやむを得ず一ツ寝しているその側《そば》に、自分の夜具を敷いて寝ます。

或晩、公園の桜も散りはじめた頃です。千代美の来たのは雪の降りかけた頃ですから、もう二月《ふたつき》あまりになるのです。わたしはふと目をさますと、千代美はいつの間にか帰っていて、いつものようにわたし達の側に、搔巻《かいまき》の袖の重《かさな》り合うほどに近寄せた夜具の中に寝ていましたが、つと枕から顔を起し何やら様子を窺うようにあたりを見廻した後、腹ばいになって手を伸し、投出してあったハンドバックを引寄せ中から紙幣を出して一枚二枚数えでもするらしい様子。やがてそのまま元のように顔を枕につけました。室のあかりは消してあったが隣と向側の家の電燈とで、妹が目をぱっちり開いて、天井を見ているのがよくわかります。わたしは何の考もなく、

「千代坊、寝られないのか。」とその方へ寝返をすると、千代美は黙《だま》ってわたしの方を見すまし、声をひそめて、

「姉《ねえ》さん、ねている？」

「何だい。用か。」

姉の花枝は舞台のつかれで正体なく寝入っている。と見定めたらしい千代美はわたしの方へ顔を近づけ、

「お金、兄さん、預ってよ。姉さんに目つかると何か言われるから。ね。ね。」

声をひそめて懇願する調子と表情とには、いつの間にか、もう子供には見られない艶《なまめか》しさが含まれているのに、わたしはその晩初めて心づきました。

「お金、たくさんか。」

「十五円。」

千代美は蒲団の下に差込んだ五円札三枚をつかんで、わたしの枕の下に押込もうとする時、ちょっと半身を起し片手を伸ばすのを見ると、肩から脇腹まで、あらわになった身体には、戸外《そと》の赤い電燈が反映して、何一ツまとっていないことがわかりました。

「お前、はだかか。風邪ひくぞ。」

「寝巻、洗ったの。かわかないの。」

もっともその晩はいやに蒸暑く、狭い六畳の間、女二人の間に挟まれたわたしは寝苦しくて、一度目をさました後は、なかなか寝つかれません。頭の上の目覚時計が机の上で時間をきざむ響と、花枝の寝息が耳につく。苦しまぎれに、われ知らず蒲団の外へ寝返りすると、パジャマの胸をはだけたわたしの身体は、いつの間にか掛蒲団をはぎのけた千代美の裸身にぴったり接

触してしまうのです……。

夜がしらしら明けて来ます。室の窓下を話しながら歩く人の跫音《あしおと》が、夜のままに寝静った横町にひびきわたり、アパートの廊下にもやがて人の出入する戸の音がしたが、忽《たちま》ちもとのように寂としてしまいました。どこかの芝居へ出ている人達が徹夜の稽古から還って来たのでしょう。わたしは姉の寝息を窺いながら、千代美の身体に掻巻《かいまき》をかけてやり、廊下の洗面所から戻って来て、そっと知らぬ顔で花枝の夜具の中へはいると、そのために目をさましたのか、花枝は掛蒲団を深く引ッかつぐと共にその手を伸してじっとわたしを抱きしめました。

妹が側に寝るようになってから、花枝は夜半《よなか》よりも夜の明けかかる時の方が、妹には気づかれまい。その熟睡をさます虞《おそれ》がないと考えていたらしく、時々その時刻にわたしを揺り起すのです。しかしその日の暁には、千代美がまだ寝つかずに眼をさましている事は確なのですが、この場合、花枝には何とも言えません。

おとなしく地味な姉。あどけなく大胆で豊満な妹。

芸人の多く住む合羽橋通りのアパートは1Kだから、三人いっしょに川の字で寝るしかない。ときは桜のちる晩春。むうっとなまめかしく蒸す夜。

むりでしょう、この体勢はチャラ男の「わたし」でなくともむりでしょう。しかも千代美はかねて二人のセックスに当てられていて、へそくりを預かってなどと言い訳し、確信犯的に若い裸を「わたし」に見せつける。

当然そうなった「兄さん」といもうと。しかもその後すぐに、抱擁をせがむ姉の方ともそうならざるを得ない「わたし」。あやうい三角関係の悲喜劇が幕をひらく。花ちる季節のもやもやのせいでもある。えてして荷風の小説では、桜ちる頃の夜に何か妖しいことがおこる。

さてその日。第一回のレビューがわれわれバンドの囃《はや》し立てるフィナレの奏楽で幕になるや否や、わたしは楽器をピアノの上に載せ、仲間のものと前後して楽屋口を出ると、晴れわたった四月末の日曜日、興行町は押返されるような人出です。その間を斜《ななめ》に通りぬけて、公園外の大通から向側の路地へ入ると、約束の時間通り、支那屋の店口に千代美が来ていました。

化粧だけはもう一人前の踊子らしくしていますが、頭髪《かみ》はまだ長目の切下《きりさ》げに赤色のベレー、着ているものは桃色のセータに緑地のスカートですから、どう見ても子供同様の少女、人に怪しまれる気づかいはありません。

それにどういう訳だったか、その日はいつも見かける芸人達は一人も来ず、お客は子供づれの人達ばかりでしたから、わたしは手を取って片隅のテーブルに並んで腰をかけさせ、チャウシュウとフウヨンタン、御飯《ごはん》しん香を誂《あつら》え、煙草をのみかけると、

「兄さん。あたい、まだ早い？」と言いながら、テーブルの上にあるわたしの煙草の箱から一本抜き出します。

「いつ覚えたんだ。」

「汽車ン中で。目がまわって、いやな心持になったわ。」

「お酒もそうだよ。およし。また目がまわるぞ。」

「あらお酒もそうなの。」

「恋愛もそうだろう。そうじゃないか。え、千代坊。」

わたしは小声に肩を摺《す》れ合《あわ》せ、わざとその顔をのぞき込んでやりましたが、千代美は別に顔も赤らめず、下《しも》ぶくれの片頰に笑靨《えくぼ》を寄せ、

「そんな事、姉さんにもきいて。一緒になった時。」

「きくものか。姉さんはおれが初めじゃないもの。」

「うそよ。」

「千代美、お前は誰が……。」

「知らない。」と言ったが、見れば一ぱい眼の中に涙をためているのに驚き、

「御免よ。冗談だよ。」

言い宥《なだ》めようとした途端、「お待ちどう。」と男があつらえた皿を持って来ました。千代美は人前を憚《はばか》ってか、別に泣きもせず、わたしが玉子焼に醬油をかけてやるのを待つように箸を取り、一口二口食べた後《のち》、

「兄さん。」

「何だ。」

「あたい。目つかったら追出されるわね。」

「目つかる気づかいないじゃないか。」

「…………。」

「もしもの事があれば一緒に逃げる。いいよ。今からそんな話。もうよそう。」

話題を転じようと思った時、隣のテーブルにいる事務員らしい女連の二人が、ともども洋髪屋の帰りと見えて壁の鏡に顔をうつして頻に髪を気にしているので、

「お前も、もうパマにしたら。きっと似合うよ。」千代美はいかにも嬉しそうに、「田村先生もそう言ったわ。まだ姉さんにゃきいて見ないけれど。」

「そんなら、おやり。今日これからやりにお出で。」

千代美はいつどこで覚えたのか、舞台の仕草をまね、手を胸に身体をゆり動かしながら、

「姉さんの行くとこ、あたい、知ってるから。」

こんな話をしている中、そろそろ二度目に幕の明く時間が近づいて来ます。椅子を立って勘定をする時、わたしは初て紙入の中に昨夜預った紙幣のあることを思出し、

「返すよ。十五円。」

「まだいいわ。」

「髪結さんに行くんだろう。五円は取られるよ。」

一緒に大通を横ぎり松竹座の前まで来て、「じゃいっておいで。」

さっそくシャンソン座の近くの中華料理屋で待ちあわせた兄といもうと。兄はいもうとの若い肢体に夢中で、何くれとなく世話をやく。

注文の卵料理フーヨンタンにお醤油をかけてあげる親身がいい。「わたし」は女性に腰のかるい親切な男で、ちいさなサービスをし慣れている。ふかく考えず、その場かぎりで「一緒に逃げる」などと誓うのもそう悪くない。こうした優しく軽いへなちょこ男を書かせれば、荷風は天下一品である。

見ると夜具の中に赤ン坊ばかりがすやすや眠っていて、千代美の姿は見えません。花枝が瓦《ガ》斯《ス》焜炉で朝飯がわりのジャムパンの食残りをあぶり一片《ひときれ》たべかける頃になっても、千代美はまだ帰って来ないのです。わたし達は今日の初日ばかり、午後に行けばよいので、目覚時計を十一時半にかけ直して、すぐ寝てしまいましたが、その時になっても、千代美はどこへ行ったのか帰って来ませんでした。千代美がかえらないと、赤ン坊を残して行くわけにも行かない。管理人のおばさんに預けて行こうかと相談したが、それも安心ができないというので、とうとう花枝が赤ン坊をどてらに包んで抱き、わたしがミルクの壜を手にして楽屋へ行きました。

年中、寒い日にも明放しになっている踊子部屋の戸口を入ると、

「アラ、赤ちゃん。かわいいわね。」

部屋の壁一面、化粧台を並べている一座の踊子三十幾人、殆ど総立ちになっての歓迎です。踊子達は花枝の生んだのではなく、去年しばらく一座していたその妹のものだろうという事は、言わず語らず知っているわけ。男親だけが疑問であったらしいのも、わたしがミルクの壜まで持って、一緒に楽屋につれて来たのを見れば、これも今はきくにも及ばず想像通りだと思った

らしく、ミルクが冷たいわと言って、鏡台の下の手あぶりにかざしてくれる者もある。わたしは初め、みんなが赤ン坊を見て誰に似ていると思うだろう。後になって、それとなく噂を聞こうという下心《したごころ》もあったのですが、この様子にそれもどうやら覚束《おぼつか》ない心持になりました。

世間というものは要するにこんなものかも知れません。疑問のある間だけ、人はとやかく評判をする興味を持っているが、その疑問が氷解してしまえば、それはそれで何事も承認して問わなくなるものらしい。殊に浅草公園に出ている踊子達に取っては、自分達の身の上に引きくらべて、深く子供の血統や親の詮議などする気にはなれないのかも知れない。女房の連子《つれこ》に亭主が通じた話、養女と養父、舅《しゅうと》と嫂《よめ》との間に生じた事件なぞは、その生れた町、その住む家の隣近所には常にあり勝《がち》な事なので、わたしと千代美との間柄などは一向に珍しいものではなかったのかも知れません。そう言っては悪いですが、浅草の踊子は大抵長屋育ち。女学校を卒業するまでの生活の余裕がなく、もし舞台へ出なければ、女工、女給仕、子守り、女車掌などになって、その給料で親の生活を助けねばならないような者ばかりが多いので、赤ン坊の世話には至極馴《しごくな》れています。花枝が舞台へ出ている間は手すきのものが化粧をしながらミルクを飲ませてやったり、ぬいだばかりで暖味の失せない衣裳を掛けてやったりします。又どういう訳だか、しみじみ自身も子供がほしいと言わぬばかり、あるいは子供の出来ないその身のせめての心やりとでもいうように、添寝《そいね》をしながら、その顔をながめ、小声に子守唄を唱《うた》うものさえあるくらい。浅草にはどこの楽屋にも親子二代に渡って、楽屋に生れて楽屋に成長した芸人が幾人もいるのです。わたしは千代美が生んで、花枝に育てられる雪子の行末も、そんなものではないかと思わなければなりませんでした。

千代美はある意味でモンスターだった。この小説の一つのドラマである。

「兄さん」に渡したへそくりは、じつは盗んだものだった。楽屋の芸人の財布も盗む。指輪も万引きする。罪の意識はゼロで、とがめられても平気なもの。男と寝るのも平気だった。ちやほやされるのが楽しかった。

みんなの職場の「シャンソン座」でダンス教師をつとめる田村とも関係し、妊娠する。田村は「わたし」と千代美の関係を知らない。ど、どうしよう、申し訳ないが花枝さんのいもうとを妊娠させてしまった。これが「ワイフ」に知れると僕は破滅だ、暮らしは実家のゆたかなワイフが支えているんだから、とあわてて泣きべそで「わたし」に相談する田村。

「わたし」も田村も大したチャラ男である。女性にすがって生きる腰のかるい男を、荷風はじつに楽しそうに描く。

しかしチャラ男は優しくもある。男の面子などとは無縁である。やわらかい。こころの動くままに実行する。田村はああ言うが、千代美は同時に二人を相手にした。つまり生まれてくる赤ちゃんは、どっちの子かわからない。ええい、そんなら僕が引き受けようと「わたし」は覚悟する。

花枝の子になった赤ちゃん。女の子だったから雪子と名づけた。少女の千代美はわが子に全く無関心で、いきなりアパートからいなくなる。一年でもっとも寒い二月のことである。

ステージのある「わたし」と花枝はしかたなく、赤ちゃんをだいてシャンソン座の楽屋へ出勤するが、この場面がいい。舞台の準備をするダンサーたちがわっと歓声をあげて、かわいい抱かせて、と赤ちゃんへ手を伸ばす。

荷風の小説に、こんなに大きく赤ちゃんがクローズアップされるのは初めてである。浮き草稼業の楽屋裏に、一気にあまいミルクの香りがただよう。若い女性たちの本能的な母性があたたかい。

けっきょく雪子赤ちゃんは早く死に、わたしと花枝は浅草のステージづとめにも疲れ、正式に結婚したこともあり、「わたし」の故郷に引っ込むこととなる。それが昭和十五年ごろ、東京ではそろそろ物資が不足してきたとき。

「わたし」の鼻にかかって間のびしたような口調で語られる物語は、今は物資不足どころか日本が真っ暗な戦場となっていることを示唆していきなり終わる。「カット」して「フィナレ」になる。にぎやかなバンドの音楽も色あざやかな風景もふっと消えて、ブラックアウト。主題に沿う、芸を尽くした終わりである。

おもかげ

昭和十三年、一九三八年二月の「中央公論」に発表された短篇小説である。同年七月刊行の、小説や随筆に歌劇台本と俳句もおさめる単行本『おもかげ』の巻頭にかかげられた。荷風のお気に入りの作品らしい。二か所を抄出する。

半年ばかりたって、或日のこと、浅草の活動でも見に行くらしいお客を送って、雷門まで来たので、おれも車を助手にあずけ何心なく公園の興行町を歩いて見た。活動の絵看板や写真には、市中の映画館と同じようなものが出ているから、いっそ変ったものを覗こうと思って、池の縁にある歌劇館で入場券を買った。入口のテーブルに坐っている洋装の小娘が入場券と引替に番組《プログラム》を渡し、御案内というと、廊下の壁によっかかって、余念なく鼻糞をほじくっていた同じような小娘が、こちらへと言って、手近の扉をあけて、後から人を押込んだ。天井の低い、板敷の前の方に横木の柵がわたしてあるから、何の事はない馬小屋のような処だ。しかし柵には一側並《ひとかわなら》びに人が寄っかかっているばかりなので、薄暗い看客席を隔てて、明《あか》るい光線を浴びた舞台は、一目によく見渡される。公園のような景色をかいた背景がさがっていて、学生風をした役者と、ダンサアのような風をした女優とが、スポットライトの中に立ち、オーケストラにつれて何か歌っている。歌の文句をきき取ろうと耳をすますま間もなく、右左から静に一人ずつ、抜足するような形で、踊子の群が現れ、歌を唱っている男女を取巻く。どれもこれも同じような衣裳を着ている。衣裳といっちゃ、いけないのかも知れない。腰のまわりと、乳だけをかくした裸体だ。おれは不図《ふと》、この裸体の踊子の中に、死んだおのぶにそっくりな女の交っているのを見て、我知らず進み出て、柵にもたれている人のあいだに、無理やりに身を割り込ませた。

しかし音楽につれて、二十人あまりもいる同じ裸体の踊子は、三人くらいずつ一組になって、絶えず前後左右に入り乱れながら、ぐるぐる廻りづめに廻っているんだから、その中のたった一人を見詰めるのは、まるで水の中に泳いでいる魚の中の一尾《いつぴき》を見定めるようなもので、容易な事じゃない。

しかし見れば見るほどよく似ている。額のひろい、口元にちょっと愁《うれい》のある顔立から背かっこう。ぐるぐる廻るたんびに、わざとらしく笑顔をつくる、その口元なんぞと来たら、全くおのぶそっくりだ。まん中から割った髪のちぢらし具合も同じだし、左の方の眉毛に触るほど、巻毛を三筋ばかり下げているのも、おのぶの通りだ。

おれはおのぶの額の上に下ったあの巻毛《カアル》を、この手でこう撫であげながら、よく接吻をした。病院で死んだ時も、おれはあの巻毛を撫上げて、これが一生の見納だと、じっと死顔を見詰めて、その上に涙をこぼした……おれはたまらなくなって、目をつぶり、後の壁にコツリと音のするほど頭を寄せかけ、そしていつの間にか潑《こぼ》れそうになってくる涙を啜り上げたが、その途端、今までとは音楽の調子が急に変ったのに心づいて、そっと眼をあけると、連唱の二人もそれを取巻いた踊子もみんな居なくなって、町の角らしい背景の前に、事務員のような風をした男や女が大勢踊っていた。

おれはそれからというもの、毎日歌劇館を覗かずにはいられなくなった。おのぶに生写《いきうつ》しの踊子はプログラムに萩野《はぎの》露子《つゆこ》としてある。いくら仕事のいそがしい時でも、露子さんの出る幕だけは、毎日欠かさずに見に行った。

ジャズっていうのか、タンゴっていうのか、おれはよく知らないがね。踊り廻りながら、ちょっと蹲踞《しやが》むようにすこし股を開いて、膝をかがめ、そして腰を振ったり、身体を顫《ふる》わしたり、それから片手で腿から横腹を撫上げたり乳を押えたり、又横顔から髪の毛を撫上げて頭を押えたりして、煩悶に堪えないような様子をする踊がある。半裸体の露子さんがこういう踊をする時の姿かたちは、おのぶが外から帰って来て着物をぬぎかける。そして、おれのこの腕に抱きしめられて身をもがく。その姿形そっくりだ。場内の蒸暑さと薄暗さとに猶更《なおさら》興奮する慾情を圧《おさ》えかねて、おれは中途で外へ飛出し、倒れるように池の縁のベンチに腰をかけて、冷い風に額を冷したこともあった。

公園の興行物がはねるのは十時ちょっと過る頃だ。浅草とはまるで方角のちがった処へ客を送って行った晩なんぞ、到底閉場時間には間に合わないと知りながら、おれはそういう時でも、せめての気安めに、入口や窓の閉っている歌劇館のまわりを歩いて、しょんぼり帰ったこともある。

しかし灯《ひ》の消えた興行町の暗い景色は、その時分遣瀬《やるせ》のないおれの心持にはよく調和して、却《かえっ》てなつかしい心持がしたものだ。おれはその時分から明い賑《にぎやか》なところが嫌いになって、暗いところに、いつまでも一人で居たいような妙な心持になっていた。そんな具合だから、いくら露子さんが死んだ嬶《かかあ》に肖《に》ていたからといって、それをどうしようというような、そんな大それた気にはなれなかった。先はとにかく、浅草の芸人だって芸術家にはちがいない。流しの運転手なんぞの女房になる気遣《づかい》はない。おれは見物席の薄暗いところで、他愛もなく笑う見物人の中にまぎれ込んで、人知れず泣くのが一番楽しくてならなかったのだ。

始まりの場面は新吉原の遊廓ちかく。夏の終わりなのか、まだむっと暑い深夜。

客待ちの「タキシイ」がならぶ中、やっと夜食にありついた若い二人の運転手が「牛飯屋」から出てくる。

ひとりの名は「豊《とよ》」。もうひとりが「為《ため》」。豊さんの方がちょっと先輩の三十男で、どうやら哀しい過去をもつ。かつては流しのタクシーではなく、大使館やお屋敷あいての「麻布タキシイ」会社で働いていた。

そのとき知りあった或るお屋敷のかわいい小間使い、「おのぶ」と恋をして、ちいさな幸せな結婚生活をする。しかし食中毒でおのぶはあっけなく死んでしまう。恋女房のチャームポイントは、額に三すじ、くるんと垂れる巻き毛。

かわいかった、忘れられないよ、それから俺はひとりきり。でもまた辛い恋をした。聞いてくれるのかい、為さん。こんな女々しい情けない恋ばなしを聞いてくれるのは昔なじみの為さんだけさ、と嘆く豊さん。

いいさ、どうせ暑くて眠れやしない。思いきりお話しよと、二人の若い運転手は車の踏み台に足を乗っけて、さあ豊さんが「おれ」として語る、男泣きの浅草恋ものがたりが始まる。

時代の風に敏感な荷風。おりから隆盛するタクシーの運転手に目をつけて、これを語り手兼主人公とした。おなじ時期に書いた浅草歌劇のためのシナリオ「葛飾情話」では、バスの運転手を主人公にしている。

都会の夜を走りまわるタクシー運転手。なるほどロマンにふさわしい。そして豊さんがそうであるように、文弱の知識人や女にたかる怠け男とはまた一味ちがい、たくましい体力で稼ぐ独特の官能性にみちる。

ガタイがよくて、一生けんめい稼いで、街の洋食屋くらいでたまに外食するのを楽しみとし、初恋の女性に惚れきる豊さんの単純と誠実は魅力的だ。荷風の描く男性像の新境地である。それに昭和小説の恋する男としても、底辺労働者でもなく知識人でもなく、二者の階級闘争から外れるファジーな職業の豊さんはまことに新鮮なのではないか。

さあ、恋女房を亡くして半年たっても忘れられない豊さんが、ふらりと迷い込んだ浅草の歓楽街で、どのような恋にめぐり会うのか――。

出会ったのは舞台のダンサー、その名もはかなげな「露子さん」。毎夜、彼女を慕い、ひそかに追う日々がはじまる――。

そんな折、舞台をはけた素顔の露子さんを街で見かける。うす化粧のその横顔も、やはり亡き妻によく似る。

冬の日はいつか暮れ、立籠《たちこ》める夕靄《ゆうもや》につつまれて、田原町《たはらまち》の角に立っている高い仁丹《じんたん》の広告も、向側《むこうがわ》の猪《しし》料理の看板も、ネオンサインの赤い光がにじんだように薄らぎ、街燈の火影は立木の間に円くぼんやりとしている。

この秋から三ケ月ばかり、毎日のように歌劇館へ通う道すがら、おれはいつも燈火《あかり》の少い、この大通を横切る時、行違う車の間から、路面に反映する向側の店の灯《ひ》を打眺め、その屋根の上一帯の空が、映画館の灯でぼうっと赤くなっているのを見ると、何となく悲壮な心持になる。家業を怠って、どうにもならない女の姿を見に行く身の上が、自分ながら可哀そうで可哀そうでたまらなくなるんだ。それでいて、一歩一歩《ひとあし》、向側の歩道へ近づくに従い、暗い背面を此方《こなた》に向けている高い建物の間から、小道のはずれに、興行町の燈火《とうか》が眩しいほど輝きわたっているのを目にすると、我知らず身体は火取虫のようにその方へと吸いつけられて行く。しかしこのさまざまな燈火、いろいろな看板の絵と、いろいろな旗や幟《のぼり》、行きちがう群集とは、毎夜のことでありながら――却て毎夜見馴れてしまったせいでもあるか、現実の世界ではなくて、一度消えれば跡もない夢の中のものであるような心持をさせる。おれは幾度となく立止っては、旗の間から夜の空を眺めて見たり、身のまわりを見廻したりする事があった。

その晩もやっぱりそんな様な心持がして、人込の中に立止って、後先を見廻したが、その途端、早足に、殆《ほとん》ど小走に通過る一人の女とすれちがいになった。

見るともなくその横顔を見ると、間違いなく、それは踊子の露子さんだ。帽子は冠らず、左の眉の上に巻毛をさげ、縮らした髪の毛には黒いリボンを結び、オリーブ色の外套に、肌のすいて見える絹の靴足袋をはいている。舞台で見る時に比べると、化粧を薄くしたその横顔のすこしやつれて、色も蒼白く見えたのが、一層よくおのぶに似て、全く別の人とは思われない。おれは絶間なく行きちがう人にぶつかりながらも、無我夢中でその後を追って行った。

露子さんは立ち並ぶ映画館の、一番間近の建物について、突然消えるように横道にまがった。表通の雑沓に引きかえて薄暗いこの裏道には、破れた書割や、造花《つくりばな》のとれた立木、底の抜けた挑灯《ちょうちん》なんどが、塵芥《ごみ》と一緒に置き捨てられているばかりで、殆ど人通りがない。片側は聳え立つ映画館や劇場の陰鬱な背面で、いずれも、開演中面会謝絶という貼紙のしてある戸口の隙間から、楽屋の火影と、舞台の物音のかすかに漏れ聞えるのが、憂鬱なあたりを猶更《なおさら》憂鬱にしている。片側は屋並の低い人家の間に、二三軒射的場《しゃてきば》の店の灯が、際立って明く、店番の女の顔と、景物の博多人形や積み重ねた煙草の箱を照しているが、客の姿は見えず、間口のひろい自転車預所も歳の暮のせいか、出入の人影は途絶えたままで、空高く差出した大きな旗ばかりが、舟の帆のように風をはらみ、竹竿のしなう響を立てるのが、いかにも冬らしい寒い心持をさせている。

つゆ子さんは今まで物に追われるように、傍見《わきみ》もせず小走りにかけて来た歩調《あゆみ》を俄《にわか》にゆるめ、マフラの結び目を直したり、髪のほつれを撫でたりしながら歩いて行ったが、やがてこの裏通が又もや賑な通と交叉する角へ来るが否や、再び前かがまりに急ぎ出す、かと見る間もなく、賑な通を突切って、向側に並んださまざまな飲食店の中で、硝子戸の外にコトヤ喫茶店とかいた白い暖簾《のれん》の下げてある店へ駈け込んだ。

覗《のぞ》いてみると、さほど広くない店の正面には、どこの喫茶店にもあるような洋銀の銅壺《どうこ》がひかっていて、白い上着に白い帽をかぶった男が二人。見渡す壁には油絵らしい額の間に、ココア拾銭《じゅつせん》、コーヒ五銭、ホットドッグ五銭など書いた紙が貼ってある。じじむさい小娘が二三人、長いテーブルのあちこちに坐っている入込《いれど》みらしい客の前に物を運んでいる。客の中には新聞をよんでいるものもある。

つゆ子さんは、と見ると、土間のまん中に据えたストーブの側に立って、洋装した二人の女と話をしていたが、この二人も舞台で見馴れた踊子だ。

川本三郎氏の大著『荷風と東京 「断腸亭日乗」私註』によれば、荷風は昭和十一年頃から、とうじ銀座に負けて二流の娯楽の街にずり落ちた浅草に魅せられ、麻布の自宅から地下鉄をつかって通うようになったという。

映画館、射的場、曲馬団のテント、常盤座や萬成座や花月劇場といった小演劇場が立ちならぶ浅草六区。とくに荷風の気に入ったのは、ちいさな人情劇とレビューを見せるオペラ座だった。

豊さんの一目惚れしたのは、「オペラ館」の踊子、萩野露子さん。あきらかに大好きなオペラ座がモデルだ。戦争がはげしくなってオペラ座が立ち退きになるまで、荷風はオペラ座に毎日のように通い、乞われて脚本を書き、踊子たちをお茶にさそって遊んだ。カメラをもった優しいおじさん、と慕われた。

ああ、であるから「おもかげ」とは何とうつくしい、荷風のこころの風景の核を言い表わす言葉なのであろう。

二流の遊びの街。庶民の夢をあつめた街。毎夜おこなわれる演劇は、いかに関係者が工夫をこらすとはいえ、帝国劇場の演劇などとは異なり、新聞評に出ることもなく日々つくられては消える。

赤や青のネオンも楽団のアコーディオンやバイオリンの音色も、まさにその場限りのしゃぼん玉。人々を楽しませ、瞬間で消え去る。たちまち切ないおもかげとなる。だからいい。

額の巻き毛といい、おとなしい恥ずかし気な様子といい、男に抱かれてうれしく悶えるようなダンスのアピールといい、おのぶを思い出させる露子さん。しかし彼女をどうする気もない。ただ見ていたい。

豊さん、純情でいささかマゾである。恋しい思いを秘め、情欲に濡れ、秋から冬まで露子さんの踊る舞台にひとり孤独に通いつめた。歓楽街のさまざまな燈火の明りが、冬の暮れの空をほのかに赤く染め、豊さんを切なくさせる情景がすばらしい。

「おもかげ」とはおのぶの、露子の月のかんばせであり、ともに浅草の空いっぱいに広がる歓楽街の放つ、はかない一瞬の明るさの輝きでもあるのだろう。または多くの男を焦がれさせる、浅草のすべての華ある女性の象徴なのだろう。

萩野露子はその名のとおり薄命で、つかのまを踊り、舞台で血を吐き、はかなく死ぬ。豊さんは偶然にそれを知る。他にも偶然がおおくて、豊さんのまっすぐな純情ぶりといい、荷風特有の皮肉や虚無はない作品。あらすじだけ綴ればメロドラマに近い。

逆にその安っぽい筋立てが、荷風の恋した浅草六区の歓楽街によく似あう。荷風の小説の作風は、この街に刺激をうけて六十代から変わる。もうれつに辛い毒がいささか消え、涙の色と優しさが加わる。

オペラ座の人情劇の「軽妙」に感動した、学んだと同時期の批評文「浅草公園の興行物を見て」で荷風は激白している。みじかい時間で観客を沸かせるオペラ座の一幕劇の、ごたごた詰めこまない「稚気」と「淡泊」は江戸の娯楽小説をほうふつさせて極上だ、と絶賛している。

知識人やくろうとの読者向けではない、生活に楽しい窓をもとめて小説を読む多くのふつうの人に向けた小説作法に、荷風は浅草で開眼する思いが深かったのではないか。

安手のけばけばしいネオンや感傷的な軽音楽に感動し、しんそこ学ぼうとする荷風は彼の一つの本質を表わす姿だ。この人はいくら年をとっても大家として自らを固定せず、かく更新しつづけた真の芸術家なのだと本作を読んで実感する。

第一部

裸体

昭和二十四年、一九四九年十一月に書かれ、翌年二月の「小説世界」に発表された短篇小説である。二か所の抄出をかかげる。

左喜子《さきこ》はわけもなくダンス教師の勧告を承諾し、その日の夕方目黒の或る邸宅へ連れられて行った。

敗戦になる日まで或る陸軍将官の邸宅であったのを、主人《あるじ》が追放の刑に処せられてから、もと築地辺に在った待合《まちあい》の女主人が買取って旅館にしたのである。門内の深い植込を前にした二階建洋館の広い応接間――その頃には軍刀と勲章をさげた毬栗頭《いがぐりあたま》の将軍達が八紘一宇《はちこういちう》の軍略を講じたところは食堂となって、並んだテーブルの白い布の上に草花の色うつくしく、二階の部屋々々はダブルベッドと洋服簞笥を据えた客室となり、後方につづく日本づくりの座敷々々には朱塗の円《まる》テーブル、床の間には美人画、押入には赤い友禅の夜具が入れてあるようになった。洋館と日本座敷とをつなぐ廊下の端《はずれ》に戸があって、そこから下《お》る広い地下室は曾《かつ》て軍部の秘密書類が収められた処、爆弾の被害を蒙《こうむ》る恐《おそれ》もないように築造されてあったのが、今では秘密の遊戯や賭博の行われる別天地にされている。

ダンスの教師が左喜子をつれて踊子の控処《ひかえじょ》になった二階の洋室へ上ると、今夜踊る女達の中の三人ばかりが先に来ていて、手鏡を前に化粧の仕直しをしている最中であった。挨拶から雑談に移るほどもなく、つづいて二人三人と上って来る女の人数もどうやら揃ったらしく思われた時、教師は手短に今夜の演芸の順序を説明した。

地下室にお客が揃うとこの家のマダムがレコードを掛けるから、それまでに女達は着ているものをぬぎ、靴下は教師が用意して来た黒いものにはき替え、顔を見せたくない人はこのマスクを冠る。靴も銀と赤いのが用意してあるから、それにはきかえ、二三人ずつ手を取り合い小走りに廊下から地下室へ降りる。すると時分を計って西洋映画の素敵なのが映される。その上にも今夜は性交の実演を見せる人が来て十二分の興を添えさせる筈《はず》だから、皆さんもどうかそのつもりで、という事であった。

女達はきゃァきゃァ言いながら、めいめい臆する様子もなく着ているものをぬいで、マスクを手にしたが、しかしその中で何物にも顔をかくさず合図のレコードおそしと踊場へ駈け下るものも二三人いた。左喜子もその一人であった。

薄赤い照明が朦朧《もうろう》として地下室の広さも、壁際に据えた椅子や長椅子に腰かけた人の数をも不明にしているが、どこかに火でも焚《た》いてあると見えて、十月の夜の室内は踊らぬ中から暖《あたたか》過《す》ぎると思うくらいである。

踊っては休むたびたび飲み干す冷い口あたりのいいポンチや、冷いビールが次第々々に酔を醸《かも》す。待ちかねた映画と実演とが極度の興奮を促す。舞踏の会が終って男も女も帰仕度《かえりじたく》にかかる頃、そっとマダムに呼ばれて今夜泊れるならば是非にもと相談をかけられる女が三人ほどにも及んだが、その中には無論左喜子も交っていた。

左喜子はその夜ほど女に生れた身の嬉しさと心好さとに恍惚としたことは、恐らく一度も無かったであろう。自分よりも先に男の眠りかけるのを幾度となく揺り起し、朝になってさすがに顔を見られるのが恥しいような気がしたくらい。勝利と幸福の思いに浮かれつつ翌日も昼近く、貸間の二階へかえって来るや否や、左喜子は手提袋の中から紙幣束《さつ》をつかみ出して、滞った部屋代やら、立替えてもらった配給物の代金も残りなく綺麗に支払った後、汗ばんだ身体を洗いにと町の洗湯《せんとう》に行った。着ているものをぬぐと、昨夜から今朝方帰る時まで何一つ纏《まと》わずにいたその身体が鏡の中に立っている。左喜子は他人の姿を眺めるように、やや暫くの間目を離すことができなかった。

経理士の佐々木先生が初め毎月三千円の月給しかくれなかった事務員をやめさせ、貸間を借りて月々一万円の生活費を惜しまなかったのも、そのわけは、事務所で着ている物をぬいで、この裸体を見せようとした事から始まったのではないか。そうなってから後にも、佐々木先生はいつも大きな姿見の前に夜具を敷かせ、この身体のさまざまな形をなして、動き悶えるのを見なければ承知しなかった。昨夜泊った男も踊っている中から頻《しきり》に自分の裸になった形をほめそやした。お前のように全体に均勢の整った女は少いものだ。肥っているのがいいからといって、首が短く、肩がいかって、胴の長いでくでくぶとりはいけない。後から見るとかえって痩せていはせぬかと思われるほど、背筋の見えるくらいなのがいいのだ。胴が太いばかりで腰の辺が少しもくびれていないのはズンドウと言って、形もわるいし抱き心地がよくない。お尻も平べったく、いやに大きいのは駄目だ。身体の肉付は堅《かた》ぶとりで弾力がなくてはいけない。乳房もだらりと下っていず、円く堅くお椀をふせたようなのが一番いいので、お尻もそれと同じように円くしまって凸起しているのがお誂向《あつらえむき》というのだ。腿《もも》だけは太く逞《たくま》しいほど男の目には刺撃的で、脚は膝の下から細く長くなければいけない。また足の裏の土踏まずは思うさま深く、凹《くぼ》み、足の母指は反《そ》り返って長くしなやかなのがいい。どこからどこまでも、左喜子さんの身体は全く申分なしだねと褒《ほ》めそやされた事を一々思返しながら、左喜子は四五人流場にしゃがんでいる女達の身体を見遣《みや》って、自分に比較し、浴槽《ゆぶね》の中につかってからも、自分の手で自分の裸身《はだかみ》を撫でさすらずにはいられなかった。

左喜子は千葉県船橋のお風呂やさんの娘。

だから裸はごく自然。ひとの裸を見るのも、じぶんが裸になるのも平気、という爽快な出だしで始まる。

ひとり暮らしの荷風はお風呂やさんの世話になることが深かったし、愛する江戸の物語は、町の中心で裸のつきあいの聖地、湯屋をこのんで舞台につかう。その文化伝統への敬意もこめる。敗戦からまだ四年。この国はどうなるかと首うなだれる男性陣のしおれように比べ、国家の一気の崩壊とそれにともなう自由に勢いづく女性のたくましさに目をつける。

左喜子、十九歳。銀座の経理士の事務所で電話番をしていたが、腰がかるくて手を出しても文句を言わなそうないい女、と雇い主の「先生」に安く見られて抱かれる。

しかし――ここが本作の特徴をなす。遊ばれたように見える左喜子のほうが、実はふかく楽しんでいた。男に抱かれるのをぞんぶんに面白がった。真に遊んだのは左喜子であった。

左喜子のふしだらにいささか腰の引けた「先生」との仲もなしくずしとなり、中野高円寺のアパートにひとり住まいする左喜子は、ある日ぐうぜん出会ったダンス教師の男にさそわれ、秘密クラブのパーティーのしごとを引き受ける。短時間で稼げるお得なしごとだという。

たしかに裸体じまんの彼女にうってつけ。全裸で、はずかしい人は「顔だけマスクで隠して」出席するのが条件である。これも楽しい。しごとながら、左喜子はお祭りに行った子どものように大はしゃぎで飛び跳ねる。

戦後の荷風はもうだめだ、あたかも力尽きて折れて破れたみじめな蓮の葉や茎だ、と荷風を熱愛していた作家の石川淳は言いはなった。こうした一連の、戦後のエロの解放に興奮する破れかぶれの世間の風潮に、荷風が同調するかのように筆を運ぶのがやりきれなかったのだろう。

たしかに筆はいささか痩せて枯れた。濡れ濡れとゆったり人間の肌を仔細になでるロングショットは放てなくなった。息がながく持たなくなった。しかし素材はとびきり新しい。

スノッブな秘密クラブでの乱交パーティーとは、アメリカの新しい小説がこのんで取り上げた主題だ。しかも会場はもと軍のエリートの邸をつかう。皮肉も諷刺も効いている。

こうした設定は、戦後の経済成長期に六本木や麻布、銀座の旬の快楽の場所を探りもとめ、都会という蜜の巣にたかる人間の欲望をえがいた三島由紀夫の作品群にもあい通ずる。

六十九歳の荷風、生涯小説家としてがんばっているではないか。この設定を皮切りにして込み入ったストーリーを紡ぎ出すスタミナはないが、主題をつかみ取る眼はきわめて正しい。

左喜子は自分ながら分らないほど浮立った心持になった。価《ね》をかまわず無暗《むやみ》に腹一ぱい、おいしい物が食べてみたいような気がした。事務員をしていた時分には喫茶店の硝子戸に並べられてある物さえ、その値段付を眺めて、いつもそのまま通り過ぎてしまったのであるが、今では食べようと思うもので食べられないものは一つもないと思うと、無暗に嬉しくてたまらない気がする。それればかりではない。押し合いながら街を歩いている人達は、今方《いまがた》レヴューの裸を見て帰る人。これから見に行こうとする人ばかりのように思いなされると、女の裸が呼び集める人気のすさまじさに、左喜子は自然と生活に対する深い安心と、自分の身体に対する得意とを感じない訳には行かなくなるのであった。

丁度今日は朝も昼も何も食べずにいたので、左喜子は昨夜ホテルで貰った金高《きんだか》をまたしても心の中に数えながら、折から開店祝の花環の賑《にぎやか》に並べられたのが目につくまま、とある中華料理屋の店に入って戸口に近い卓子に腰を掛けた。

道路の雑鬧《ざっとう》に似ず店の内はがらんとしていて、片隅にアベックが一組と、帳場の近くに背広をきた若い男が一人新聞を見ながら食事をしているばかり。給仕の小女は三人とも壁に寄りかかってぼんやり外の人通りを眺めている。

蕎麦《そば》とシューマイとに腹をこしらえて再び外へ出ると、その辺の横町《よこちょう》という横町は今しも街娼と女給との入乱れて客引きに出初める時刻。左喜子は幾分こわごわながら曲角に佇《たたず》んで様子を眺めていると、いきなり横合から突当るように歩み寄って、手を握ろうとするものがある。驚いて振返ると、今方支那蕎麦屋で新聞を見ながら食事をしていた男。髪の毛を額に垂した面長の顔立と、すらりとした身体付とが、最初見た時からまんざらでもない男のように見られていたので、左喜子は振払おうとした手をそのまま握らせて、

「すこし歩かない。ここはあたいの縄張《なわばり》じゃないから。」

「じゃ、君。上野かい。」

「一杯飲もうよ。」

「君。女給さんか。僕、カフェーはいやだ。」

「わたし女給じゃないよ。一人じゃ飲み屋にも入れないから、そう言ったんだよ。心配しないでもいいよ。あたいが出すわ。」

「たいした景気だな。」と男は不審そうに左喜子の顔を見詰め、「今夜。遊ばせる?」

「なぜ、そんな顔してるのよ。あたいパン助に見えない。」

「見えると言ったら怒られそうだし……困るなァ。」

「ねえ。あたい。今夜とても悩ましいんだよ。お金なんぞほしかないよ。」

左喜子は雑鬧する人中をかえっていい事にして、男に抱きつきざまその頬に接吻した。そしてあきれたような男の顔を見て、可笑《おか》しくて可笑しくてたまらないというように身体をゆすり上げて笑いつづけた。

やけのやんぱちのような、このラストは晴れやかだ。好きな情景である。若い女性のからだの中から、生きる喜びがあふれだす。ヒロインの名のゆえんがよく解る。戦いが終わり、まっさきに喜びを知った新しい子なのだ。

高円寺のアパートからふらりと、新宿の盛り場に行った左喜子。お財布には裸で稼いだお金がゆたかにある。しがない町中華は、戦後の荷風文学がこのんで描く小舞台である。中華そばとシューマイくらいで幸せな気分になる若い食欲がせつない。

左喜子は終始、男に買われる女ではない。対等に楽しもうよ、と男に呼びかける。荷風流の男女平等の風景だ。夕暮れの町に出ると胸がときめく。からだが甘くうずく。それは男も女もおなじだ。明治のむかしから与謝野晶子もうたっているではないか、こよひ逢ふ人みな美しき、と。黄昏にすてきな人と行き逢えば、いっしょに儚い夢を見たくなる、もちろん心ごと身体ごと。左喜子はまっすぐ勇猛に、人間原始のその夢にむしゃぶりつく。

みずから人生を楽しむ女性を書くことは、若いときから荷風のたいせつな主題だった。決して戦後のエロ・ブームに安易に乗ったわけではない。

はだか一貫で稼ぐ女性たちがゆたかな家の奥さまや令嬢に代わり、もうすぐ消費文化の主人公となる。昭和の未来の変動を、本質的な経済家としても荷風は見通している。

第二部

荷風　俳句より

髙柳克弘

芭蕉は、俳句形式という舟を、中世以来の隠者文学の流れに浮かべた。人を厭《いと》う心、遠ざける心が、重要な主題となった。それは、世をすねて住む作家荷風にとっても、取り組むべき主題であった。では、荷風は古き隠遁者たちと、どこで結びついているのか。そして、どこに相違があるのだろうか。今回は、それらについて考えてみたい。

俳句は短いぶん、より端的に、煮詰められた荷風の厭世観が見て取れる。まずは、『荷風百句』から拾っていこう。

稲妻や世をすねて住む竹の奥　『荷風百句』

わかりやすい厭世の句である。竹林の奥に茅屋《ぼうおく》を結んで暮らす一句の主人公は、かつては盛んなる人物であったが、いまは落ちぶれてしまっているのだろう。そうした背景を匂わせるのは、「稲妻」の季語だ。荷風の敬愛する芭蕉の一番弟子其角の「いなづまやきのふは東けふは西」(『あら野』)に見られるとおり、「稲妻」は無常迅速の世の摂理を表す。季語の象徴性を巧みに取り込んで、十七音の、極小の小説として仕上げている。

この句、

綿弓や琵琶になぐさむ竹の奥　　芭蕉『野ざらし紀行』

と、言葉づらがよく似ている。竹林の奥から、綿をやわらかくするために打ちつける綿弓の音がするが、ここに住む人の清貧の暮らしぶりを思うと、妙なる琵琶の音にも聞こえてくる、というのだ。この句は現在の奈良県北葛城郡當麻町竹の内に滞在したおり、陶淵明さながらの生活を送る里長への挨拶として詠まれた。のちに紀行文『野ざらし紀行』におさめられて、門人千里《ちり》の人柄を讃える文脈に出てくる。「竹の奥」に住んでいるのが村長であろうと俳諧師であろうと、やはりこの句の主題も、俗世に染まらぬ朴訥の士の境遇にある。「竹の奥」には、竹林の七賢の故事や、王維の「竹里館」が踏まえられているのはすでに指摘のあるところで、荷風の「稲妻や世をすねて住む竹の奥」にもやはり、背景に中国の隠者のイメージがちらつく。

比べてみると、芭蕉の句は、労働の綿弓の音を遊戯の琵琶の音として聞き留めているように、隠居の身に風雅の美を見出しているが、荷風の句は、「世をすねて」に明らかなように、落ちぶれた身の鬱屈を隠そうとはしない。端的に言えば、荷風の厭世観の方がぶ厚く、払い難いものとして覆いかぶさっている。

かくれ住む門に目立つや葉鶏頭　　『荷風百句』

「葉鶏頭」は、熱帯アジア原産で、花よりも鮮やかな色彩の葉が特徴の植物。鶏頭に似ているが、葉が目立つためにその名がついた。雁の来る頃に染まるので「雁来紅《がんらいこう》」ともいう。

人目を偲んで侘しい宅に引きこもっているが、葉鶏頭の色彩が、いささか目に立つというのだ。おいおい、そんなに派手な色に染まらないでくれよ、誰の目にも触れたくないのだから、と葉鶏頭に話しかけているような風情だ。逆にいえば、気にかかるのは葉鶏頭くらいで、そのほかは文句なく自分の心身に合った空間と時間がそこにある、ということである。「目立つ」などと困惑するそぶりをみせながらも、じつは悠々自適の隠居暮らしに、内心主人は微笑を浮かべているのだ。

物足るや葡萄無花果倉ずまひ　『荷風百句』

初案は「物足るや葡萄無花果町ずまひ」（昭和十一年）。おそらくは散策で見かけた屋敷に葡萄と無花果が植えられていて、市中でもじゅうぶんに田園の気分が味わえるのは羨ましい、と感じたのだろう。これではさしたる句ではないが、改作して「倉ずまひ」といったことで、一挙にドラマティックになった。「倉ずまひ」といえば、只ならぬ事情で閉じ込められている、といった事情をまっさきに思ってしまうのだ。たとえば落語の「たちきれ」にあるように、行き過ぎた放蕩をいさめるため、とか。しかし、ここはそこまで大仰に解さなくても、母屋で人間関係にあくせくするよりは、土蔵を方丈の庵となして、心ゆくまでひとりで過ごしたい、腹がすいたら庭の葡萄や無花果を食べればよいのだし——という、逃避願望のあらわれと見ればよい。

このように、荷風の句においては、厭世の気分と、それを所以《ゆえん》とする隠居生活が、大きな主題となっている。とりわけ、終戦の年には、

人よりもまづ鶯になじみけり　昭和二十一年作
見たくなき世もこの頃の若葉かな　同

といったように、拒否感、違和感をむきだしにしている。ここまで人の世を厭うのは、もちろん「今年ほど面白からぬ年はわが生涯にかつてなし」（『断腸亭日乗』昭和二十一年十二月三十一日）と振り返らざるを得ない時代背景があったからだが、突然こうした思いが噴出したわけではない。世を厭う心は荷風の宿痾であった。

世に馴染まぬ荷風の心をたっぷりと盛った散文として、私は「曇天」（明治四十二年作）に心をひかれる。「衰残、憔悴、零落、失敗。これほど味い深く、自分の心を打つものはない」という一節に始まるこの短篇小説には、世俗的価値観に染まることのできない荷風自身の苦悩と矜持とが色濃く反映されている。その脱俗ぶりは恐ろしいまでに尖っていて、幾多の不運を超えて結ばれた友人夫婦を祝福するために訪れながら、生まれて来る子供は男の子が良いとか、下女が欲しいとかいった、彼らの世俗的な会話を聞いて「一種の悲哀と、一種の絶望」を覚えるに至る。通常の感覚であれば、あやうい綱渡りをしていた二人が、ようやく安寧の家庭に着地したことを喜びこそすれ、がっかりしたなどという感想は抱かないはずだ。しかし、この作中の主人公とは、不忍池の一面の破れ蓮の眺めに「敗荷よ、ああ敗荷よ」と懐かしく呼びかけるような人物なのである。蓮の花は美しくても、風に敗れた蓮の葉などは、だれも見向きもしない。そこにこそ、主人公は心を寄せる。思えば芭蕉もまた、風雨にぼろぼろになった破れ芭蕉を、自分の衣になぞらえたのが俳号の由来だった。「予が風雅は夏炉冬扇のごとし。衆にさかひて用《もちい》る所なし」(「柴門ノ辞」)の言葉などは、「曇天」の冒頭の一節とも響き合うではないか。荷風と芭蕉。時代も資質も異なるアーティストであるが、荷風が芭蕉の正統な後継者のひとりであったことは間違いない。

「稲妻や世をすねて住む竹の奥」にも「かくれ住む門に目立つや葉鶏頭」にも、ともに「竹」や「門」といった、俗世との境界が書きこまれている。荷風は〝差異〟に敏感な作家であることを前著『うつくしい日本語荷風I　季節をいとおしむ言葉』の一文に指摘したが、俗世と非俗世の差異にも、こだわる。中でも、「門」の句は非常に多い。

門《かど》の灯や昼もそのまゝ糸柳　『荷風百句』
門を出て行先まどふ雪見かな　『荷風百句』
昼間から錠さす門の落葉哉　『荷風百句』
門しめて寐るだけ寐たりけさの春　昭和十年作
あけ近く帰る庵や門の雪　昭和十三年作
気づかうて空見る門や枇杷の花　昭和十七年作
人の来ぬ門も卯の花月夜かな　昭和十八年作

など、あげていけばきりがない。なぜ、荷風は「門」に固執するのか。そこにはどんな意味があるのだろうか。

たとえば二句目の「門を出て」については、漢詩に頻出する「出門」を訓読したものという池澤一郎氏の指摘がある（『荷風俳句集』解説）。そして、この「出門」を踏まえた、次の蕪村の句は、広く知られている。

門を出れば我も行人秋のくれ　　蕪村　安永三年作
門を出て故人に逢ぬ秋暮　　同

ここでの「故人」とは、芭蕉。旅に生きた芭蕉に、少しでも近づこうとする情熱が、蕪村をして「門」を開けさせる。蕪村の「門」が自らを鍛える装置だとすれば、荷風の「門」は、自らを甘やかす装置だ。荷風の「門を出て行先まどふ雪見かな」は、門を出ていくときの場面が詠まれているが、なんとも不安げ。秋の暮の寂寥感をも引き受けて、決然と出ていく蕪村とは対極的だ。「昼間から錠さす門の落葉哉」は、芭蕉の「朝顔や昼は錠おろす門の垣」や其角の「此の木戸や錠のさゝれて冬の月」を踏まえたものだろう。『断腸亭日乗』の昭和十一年一月十九日に、最近新聞では「錠をかける」「鍵をおろす」と使っているが、東京ことばでは「錠をおろす」「鍵をかける」と言うべきだと苦言を呈しているのも、荷風の境界意識の高さを証明している。「門しめて寐るだけ寐たりけさの春」は、正月だというのに人払いをして、旧年の垢を濯《すす》ぐように眠りこけているという。「あけ近く帰る庵や門の雪」は、あけがたまで放蕩して、ようやく帰還することができた安堵を詠んだ。人を遠ざけ、安らぎを守ってくれるのが、荷風にとっての「門」なのだ。

「門」と似た働きをする装置として、荷風俳句には「垣根」や「窓」「塀」も頻繁に登場する。

名月や垣根にひかる蟹の泡　　大正十年作
秋雨やひとり飯くふ窓のそば　　昭和十三年作
倚り馴れし窓の柱や秋のくれ　　昭和十七年作
川ぞひの黒板塀や春の雪　　年次未詳

自宅とは限らない。荷風の好んだ妾宅や遊廓のおもかげもある。散策の途中で見かけた家かもしれない。境界への深い関心をうかがわせる。たとえば一句目は、垣根に蟹の泡が引っかかっていて、それが名月に照らされてかすかに光っているという、一種幻想的ともいえる秀句である。これも荷風が、境界の「垣」に関心を注いでいたからこそ生まれた句といえよう。

三句目の「倚り馴れし窓の柱」と「秋のくれ」との対比は、暗示的だ。「秋のくれ」は、『新古今和歌集』の三夕の歌に見られるように、寂寥感の凝縮した季語。「倚り馴れし窓の柱」は、その寂寥感に呑まれないための、心の柱でもある。境界で守られた小天地が、荷風の心の安定にとって、大切なものであったことが分かる。

だとすれば、気になってくるのが、越境してくるものを、荷風はどう思っていたかということ。「竹」「門」「垣」「戸」「窓」――いずれも強固な壁ではない。ふだんは十分に事足りるのだが、侵犯してくるものには弱い。そして、人生とは、自分の心地よい空間を侵そうとするものとの戦いと

オの音である。
もいえるのだ。
境界を越えてくるもの、ということで思い出すのが、『濹東綺譚』（昭和十一年作）の、隣のラジオの音である。

梅雨があけて暑中になると、近隣の家の戸障子が一斉に明け放されるせいでもあるか、他の時節には聞えなかった物音が俄《にわか》に耳立ってきこえて来る。物音の中で最もわたくしを苦しめるものは、板塀一枚を隔てた隣家のラディオである。

現代にも通じる、騒音問題である。騒音を気にしない人もいるだろうが、繊細な荷風（が仮託された主人公）の耳には、「板塀一枚」の境界などやすやすと通過して安穏たる住まいを脅かすラジオの音響は、耐えがたいものだった。

わたくしが殆ど毎夜のように足繁く通って来るのは、既に幾度か記述したように、種々《いろいろ》な理由があったからである。創作「失踪」の実地観察。ラディオからの逃走。銀座丸ノ内のような首都枢要の市街に対する嫌悪。

「ラディオからの逃走」が、悪所通いの理由の一つとして、真面目に語られるこのくだりは、荷風には悪いが、可笑しくて噴き出してしまう。それほどまでに境界を超えて来るものを拒んだ荷風の、自分の領域を守ろうとする決意の強さが、むしろ滑稽にも見えるのだ。

では、俳句では？　興味深いことに、俳句では荷風は、「隣家」から侵犯して、隠居の聖域をおびやかすものは詠んでいない。だが、「隣」はひとつの重要なキーワードとして詠まれる。


涼《すず》しさや庭のあかりは隣から　『荷風百句』

この句の原案は、大正六年作の「風鈴や庭のあかりは隣から」。自宅の風鈴の音に主眼があるのか、隣からさしこんでくる「あかり」の方なのか、原案ではぶれてしまっていることは否めない。また、「あかり」をつけるのは夕方からであるから、日中のイメージのある「風鈴」とは、どうもしっくりこない。上五を「風鈴や」から「涼しさや」に直した荷風の推敲は、的確であった。「涼しさ」は具体的な季語ではなく皮膚感覚なので、十七音の狭い器の中で「あかり」の語とも諍いを起こさない。境界を越えてくるものとして、ラジオの音は悩ましいが、窓明りならば、むしろ歓迎したい。聖域の快さも弥《いや》増すはずである。

同じ趣の句として、

春さめや隣に住ふ琵琶法師　明治三十三年

がある。「隣」から聞こえてくるのが微妙な琵琶の音色ということで、荷風の中には完全に世と分離されるのではなく、快いものならば受け入れたいという願望がかなり早くから芽生えていたことがうかがいしれるのだ。

おとなりの一中節や敷松葉　大正八年作

「一中節」は、上方浄瑠璃の一つとして発祥し、のちに江戸の吉原でも流行した。小説の「妾宅」でも、荷風の仮託された現代文士・珍々先生が、隣から聞こえてくる三味線の稽古を聞くくだりがある。

先生は時々かかる暮れがた近く、隣の家から子供のさらう稽古の三味線が、かえって午飯過ぎの真昼よりも一層賑かに聞え出すのに、眠るともなく覚めるともなく、疲れきった淋しい心をゆすぶらせる。家の中はもう真暗になっているが、戸外にはまだ斜にうつろう冬の夕日が残っているに違いない。ああ、三味線の音色。何という果敢ない、消えも入りたき哀れを催させるのであろう。

荷風が「一中節」を習ったという明確な記録はないが、同じく江戸古曲の清本や薗八節の師匠の家が近所にあり、稽古に通っていたようだ。季語の「敷松葉」は、苔を霜の害から守るために、庭に松の枯葉を敷くこと。枯れ色の侘びた庭の眺めに、上方発祥の「一中節」の温雅な音色が、ほんのりと艶美を加える。「一中節」の整った字面と音韻も、十七音の中央に、美しく嵌っている。

それにしても、なぜ荷風はわざわざ明りや音曲を、「隣」という設定で詠んだのか。灯のあたたかみや、ゆかしい音曲を堪能するのであれば、近くで浴びたほうがよいに決まっている。

明りや、音曲ばかりではない。日々やむことなく耳を攻めたてるラジオの音には参っていた荷風も、特別な日であれば、雑多な生活音もまた心ひかれるものとして聞いている。

行年《ゆくとし》や隣うらやむ人の声　『荷風百句』

大つごもり、隣家からはにぎやかな家族の声が聞こえてくる。年用意のために立ち働く音もしている。「うるさい！」と一喝してもよさそうなところ、荷風は「うらやむ」と、率直に人恋しさを吐露している。この句が『荷風百句』の掉尾《とうび》を飾っている意味も、考えなくてなるまい。

どうも、荷風にとって境界とは、むしろ快さの増幅装置として働いているようなのだ。それは、人を拒み、自分を守るためだけの装置ではない。明りや音曲や生活音も、自分の家のものとして聞くよりも、ある境界を決めてそれを介することで、ゆかしいものとして受け入れられる。そこには、距離を取っているからこそ、ぶつかりあうことなく付き合える、という荷風の処世術、人生訓も読み取れる。

人を拒むこころと、人を慕う心。この二つは、隠者の中では、矛盾しない。そもそも、完全に社会から乖離した生活を送ろうとする者が、意思疎通のツールでもある言葉によって、詩文を紡ごうとするだろうか？　少なくとも文学者であれば、自分の書いたものが、だれかに読まれる期待を持たない者はいないはずだ。芭蕉も、ときおり旅に出たり、引き籠もったりしながらも、弟子たちや友人たちと密なる座を形成していた。どちらかといえば、人を拒むこころに傾きがちな荷風にせよ、人嫌いの思いと同じくらい、人恋しさを、俳句で吐露している。

百合の香や人待つ門の薄月夜　　『荷風百句』

さきほど境界としての「門」の句を取り上げたが、ここでは「人待つ門」と詠まれている。「門」によって作られる閉塞を求めながらも、同じ場所で「人」という他者を待ち、解放を希っている。もちろんここでの「人」は、ただの他者ではない。「百合」の配合、そして「薄月夜」の情緒あるムードからして、心寄せる女性であることはあきらかだ。荷風は、やはり一人きりではいられない。

秋雨や夕餉の箸の手くらがり　　『荷風百句』

箸をとっているのは、どんな人間であるのか。人物像の手がかりらしいものは一言もないのに、独り者であることは、「手くらがり」という孤独感の表現から、おのずとわかる。向かいに、ともに夕餉をとる人間がいないだろうことは、想像されるのである。秋雨によってほとんど夜に近いほどに暗められた夕暮れどき、さらに深い闇が、すぐ手元に生じている。このまま闇に体が吸収され、支配されてしまうかのような、孤独の恐怖が塗りこめられた句だ。

寂しさや独り飯くふ秋の暮　　大正六年作

あけすけに「寂しや」と言っている。とはいえ、「や」の切字の強さや、「独り飯食ふ」の荘重な文語の響きから、めそめそした愚痴っぽさとは程遠い。どっかとあぐらをかいて、孤独も菜の一種として、たくましく飯とともにかきこんでいる姿が思い浮かぶ。

蜱と脛くらべせん露の宿　　大正六年作

出典の「文明」には「断腸亭主人自画像自賛の句」と前書がある。「露の宿」は歌語でもあり、露を置くような野末の家のこと。ここでは、世間の外に侘びしく住むみずからの境遇を暗示している。ともに住む人も、訪ねてくる人もおらず、ただ蟋蟀《こおろぎ》を友とするばかり。戯れに、自分の痩せた脛をむきだしにして、蟋蟀の細い足と、「脛くらべ」しようではないか、というのだ。「脛」にフォーカスしたことで、作者と対象とは、相当近い位置にいることがわかる。つまり、この「蜱」は、屋内にあがってきているのであり、それを許してしまうほどこの「宿」は粗末なのである。勢い、あるじである作者のうらぶれた境遇も類推できるというものだ。「脛くらべせん」と軽妙な調子であるからこそ、侘しさが募る。傍から見れば、ひとり身で、コオロギを相手に何事かを話しかけている、奇妙な人物に過ぎない。そのことは作者自身、いやというほどわかっている。

荷風はコオロギをはじめとする虫の音に、特別の親愛の情を寄せていたようだ。

わが庵《いお》は古本紙屑虫の声　　昭和十八年作

わが庵は塵に古本虫の声　　同

などという句も詠んでいる。愛してやまない本や原稿と虫の声を同列に扱っていることから親愛の情が窺える。これらの句が作られたのと同じ昭和十八年の秋に書かれた随筆「虫の声」では、蟋蟀への偏愛を次のように語る。

やがて時節は彼岸になる。（中略）山の手では人の往来のかなり激しい道のはたにも暗くならぬ中《うち》から、下町では路地の芥箱《あくたばこ》から夜通し微妙な秋の曲が放送せられる。道端や芥箱のみではない。蟋蟀の鳴音はやがて格子戸の内、風呂場や台所のすみずみからも聞えて来るやうになるのである。朝夕の寒さに蟋蟀もまた夜遊びに馴れた放蕩児の如く、身にしむ露時雨《つゆしぐれ》のつめたさに、家の内が恋しくなるのであろう。

本当に、秋が深まり、朝晩の気温が下がる頃には、蟋蟀がより人家の奥深くに入ってくるのだろうか？　密閉された都会のマンションに暮らす私には、ありありと実感はできない。事実はさておき、荷風が、深秋の蟋蟀を「夜遊びに馴れた放蕩児」と見ていたのが興味深い。まるで荷風自身のようではないか。

「蜱と脛くらべせん露の宿」は、孤独へのユニークな対処の術がうかがえる作である。蟋蟀は、荷風の友とするべき生き物の一つであった。「脛くらべ」の蟋蟀は、虫けらというよりも、夜遊び仲間として接している。

閑居の寂寥の極みに、動物を友としてしまう発想は、次の句にもあらわれている。

蟾蜍《ひき》ばかり迎へに出たり石の上　　昭和二年作

「蟾蜍」を月の暗喩と取る説もあるが、素直にヒキガエルのことと取ればよい。「迎へに出たり」とあるから、「石」とは玄関までの飛び石の謂《いい》だろう。家族がいれば出迎えてくれるだろうが、独り身の自分が家に帰ったところで、誰もいない。ところが今日は、ヒキガエルが石の上にまかりで て、まるで自分を玄関先で迎えてくれているかのよう。傍目に見れば、独り者がヒキガエルと戯れているなど惨めな風景だが、ただの自虐ではない。醜悪なヒキガエルも、「迎へに出たり石の上」と描いてみると、どこか愛嬌があるように見えてくる。ヒキガエルを友として書くことで、独居暮らしの孤独の闇に、かすかな光がさしこむようだ。

次のような句に詠まれているのも、孤独に惹かれ、孤独を怖れる荷風の心が、風景の中からつかみだしてきたものだ。

昼月や木ずゑに残る柿一ツ　　『荷風百句』
落残る赤き木の実や霜柱　　同

一句目。人為的に柿を残しておくいわゆる「木守柿」のようにも見えるが、鳥に食われてたまたま一つだけ残された柿に、荷風が孤独の境遇を重ねていると読めば、より句境は深くなる。

二句目。南天や万両など冬の赤い実は目立つのでよく詠まれるが、「霜柱」の寒さの頃に、ぽつぽつと残った実の悲しさを見据えた句は珍しい。みずからのぞんだ独居暮らしながら、荷風をさいなむ孤独の深さがしのばれる句である。

さてここまで、荷風の人恋しさがあらわれている俳句を見てきた。次に注目したいのは「勝手口」である。荷風には、「自画賛」と前書を付された「家中のすゞみどころや勝手口」（昭和十八年作）という句もあるほど、勝手口がお気に入りの場所であった。かしこまった玄関ではなく、ふだんは人に見せない勝手口。そこは行き来の多いこともあって、玄関よりも、より外界に近いといえる。門を出るときには境界がはっきり意識されるが、勝手口は、境界としてはゆるやかで、いつの間にか外に出ていた、という按配だ。人恋しさと、人嫌いのあいだで揺れる荷風にとって、そこがもっとも心地よい場所であったことも、納得がいく。

そういえば、俳諧師を主人公にした「すみだ川」の冒頭には、「夕方になると竹垣に朝顔のからんだ勝手口で行水をつかった後《のち》そのまま真裸体で晩酌を傾けやっとの事膳を離れると……」というくだりがあり、俳諧師の悠々自適の暮らしぶりに結びつけつつ、勝手口の涼しさ、快さが語られている。だとすれば、

五月雨に雀のぞくや勝手口　　昭和十八年作

という句も、俳諧師のような隠者の暮らしを背景にしていると見たい。なぜ「雀」などというありふれた小鳥に注目しているかといえば、誰も訪ねてくるものがないからだ。「雀」は、五月雨の増水によって人家に追いやられてきただけなのだろうが、まるで茅屋の主人を慕って訪ねてきたようにも見える。雀に孤独を慰められている境遇は可笑しく、またもの悲しい。

＊

鴨長明、西行や芭蕉、あるいは陶淵明といった隠者たちと、荷風が決定的に異なるのは、隠者ながらに別乾坤《べつけんこん》を持っていたことだ。すなわち、妾宅であり、廓である。いってみれば荷風の隠者としてのありようは、つぎつぎに家を住み捨てる古の隠者たちの、パロディなのである。彼ら求道の高士たちが持つまじめさを、荷風は備えていない。むしろ、彼らのまじめさをからかうように、厭世を遊びに結びつける。方丈の庵を、色町の中に見出そうとする。

葉ざくらや人に知られぬ昼あそび　『荷風百句』

社会生活に背を向けて、仏道や詩文の道にふけるのが隠棲だとすれば、荷風はひそかな昼あそびに現《うつつ》を抜かす。「葉ざくら」の季語に、味がある。まともな人々は、桜の花の満開のときに、束の間の「あそび」に繰り出す。荷風が「あそび」をするのは、花の盛りを過ぎて、人々が日常に戻り始めるころなのである。背徳の愉悦を、「葉ざくら」という清爽な季語に隠した。

社会人としても不真面目なら、隠者としても不真面目なのが、荷風という人だ。しかし、だからこそ見えてくるものもある。

それは、市井の人々の暮らしである。荷風には小説家らしく、虚構性の高い句も散見されるが、じつはささやかで地味な人々の暮らしを詠んだものにこそ、妙味がある。

石垣にはこべの花や橋普請　　　　『荷風百句』

「はこべ」は春の七草のひとつ。どこにでもありふれていて、珍重されることのない、いわゆる雑草である。路傍でよく見るが、小さく地味な花なので、関心を払う人はほとんどいないだろう。石垣のわずかな土に生えているのはたしかに健気ではあるが、大概の人は見向きもしないで過ぎていく。荷風はその花の健気さに気づき、エールの一句を送る。橋普請の労働者たちがせわしなく行き来しているほとりで咲いているのが、いっそ殊勝で可愛らしい。生産的労働に徹している彼らは、けっしてこのはこべの花に気づかないであろう。

鯊つりの見返る空や本願寺　　　　『荷風百句』

「鯊《はぜ》つり」の逸民が、天気を気にして、ふっと頭をあげて空を見返る。一句の最後に「本願寺」と大づかみにまとめたのが良い。ごみごみした市井の上にひろがる、ひろやかな空が見えてくる。荷風は築地に住んでいたころがあるから、これは築地本願寺である。スナップショットとして、「見返る空」というシーンでシャッターを切ったのが巧い。

植木屋の弁当箱や草紅葉　　　　昭和十九年作

「草紅葉」は、秋になって名もなき草々も赤く染まることをいう。昼餉《ひるげ》をとろうと、植木屋が赤らんだ庭草の上に、弁当を広げているのだ。何気ない句であるが、植木屋の忙しく立ち働いているところではなく、休憩中を詠んで、その穏やかな景の内に秋の情感を通わせた佳句である。

葛餅や虻かしましき池の茶屋　　年次未詳

茶屋で床几に座り、葛餅を食べている。近くに植込みか緑廊でもあるのか、虻がさかんに顔のまわりを飛んでいる。「かしましき」と不快をあらわにしているが、一句全体の印象としては、まわりつく虻も含めて、茶屋で涼しくくつろぐ時間を楽しんでいる感じがある。

打水や櫛落ちてあるきり戸口　　年次未詳

「きり戸口」は、くぐり戸をつけた小さな門。人目をはばかる遊廓の囲いによく見られる設《あつら》えだ。「櫛落ちてある」は、さっきまでそこにいた麗人の残り香をにおわせる。櫛だけが残り、それを落とした女を書かないことで、かえって不在の女に心惹かれる作りになっている。「打水」の終わったあとだというのが、気取りがなくてよい。

赤茄子も夏となりけり耳かくし　　年次未詳

「耳かくし」は、大正期に流行したヘアスタイルで、鏝《こて》でウェーブをかけた髪で耳を覆う。この句の面白いところは、「赤茄子」、すなわちトマトの実と、髪かくしの髪形を、関連づけたところだ。情景としては、庭にトマトを実らせた家から、めかしこんだ女性が出かけて行くところを想像すればよい。荷風には、顔の両脇にふくらんだ髪が、トマトのように見えたのだろうか？　理屈はさておき、新しい時代をすこやかに生きていく女性のまぶしさを、いきいきと掬い取っている。

これらの市井の人々を、荷風は、散策によって見つけていく。十七音のふろしきに、ふわりと包んで、かろやかに持ち帰る。思えば、散策ということも、隠者文学のパロディといえないか。散策は、日常からの小さな逸脱であり、逃避である。人里離れた地に庵を結んだり、野ざらしを覚悟の旅をしたりといった大袈裟なものではなく、気軽で気楽な逸脱だ。

荷風は、散策のともである下駄を、愛着を持って詠んでいる。


行春やゆるむ鼻緒の日和下駄　『荷風百句』

失われつつある東都の風物を訪ね歩く随筆「日和下駄」の冒頭では、「人並はずれて丈《せい》が高い上に私はいつも日和下駄をはき蝙蝠傘を持って歩く」と、この履物が荷風の散策の相棒であったことが語られる。地面のコンディションに左右されない日和下駄は、春夏秋冬を問わず重用されるわけだが、「行春」の履き心地が別格であるという。確かに、地面を柔かい草が覆い尽くすころの歩きごこちが、もっとも心をはずませてくれるだろう。

中七は「鼻緒のゆるむ」としてしまいそうなところ、「ゆるむ鼻緒の」としたことで、「ゆるむ」の動詞が「行春」にもつくような格好になる。つまり、行く春の情趣に心がほぐれていく感じと、気分が良くあちこちまわった日和下駄の鼻緒がゆるんでしまったという、二つの意味合いが重ねられてくる。さすがの言葉のマジックである。

下駄買うて簞笥の上や年の暮　『荷風百句』

歩き回り、鼻緒のゆるんだ下駄が、ついに買い替えのときを迎えた。とりあえず買っておいて、新年におろそうと、簞笥の上に置いておく。この無造作なふるまいが、下駄の主の生きざまや思想まで感じさせている。世間一般の年用意はもっと多様で忙《せわ》しないのだが、世間の埒外に居る自分の年用意は、これでじゅうぶんとでも言わんばかりだ。隠者荷風の、面目躍如である。

旅の詩人芭蕉は、下駄ならぬ笠と草鞋に愛着を持ち、

よし野にて桜見せふぞ檜の木笠　『笈の小文』

と、ついには笠に話しかけるまでに至っているが、荷風も日和下駄に対して、似たような気分はあったのではないか。おい日和下駄よ、真のおれの理解者は、お前くらいのものだよ、という。人はたしかに、人の中でしか生きられない。だが、人ばかりとつきあうと、くたびれ、擦り切れてしまう。隠者ならぬ我々は、そこで山奥へ逃げ去るわけにもいかない。参考になるのは、むしろ〝エセ隠者〟の荷風の方だ。虫やヒキガエル、果ては自分の下駄とまで知己として接した荷風に倣《なら》って、さて私も気に入りのスニーカーを履いて、俳句作りに出かけるとしよう。

〔編集附記〕

一　本書は、『荷風全集』第三巻、第五巻―第六巻、第十巻―十二巻、第十四巻―第十八巻、第二十巻（岩波書店、一九九二年―一九九四年）を底本とした。

二　原則として、漢字は新字体とした。

三　旧仮名づかいを新仮名づかいにあらためた。原文が文語文であるときは、歴史的仮名づかいのままとした。

四　難読字は適宜新仮名づかいにひらき、また適宜新仮名づかいでルビを振った。

五　本文中に、今日の人権意識に照らして不適切と思われる語句や表現があるが、時代的背景と、作品の歴史的価値にかんがみ、加えて著者が故人であることから、底本のままとした。

●著者
永井荷風（ながい　かふう）（1879.12.3–1959.4.30）
東京生れ。高商付属外国語学校清語科中退。広津柳浪・福地源一郎に弟子入りし、ゾラに心酔して『地獄の花』などを著す。1903 年より 08 年まで外遊。帰国して『あめりか物語』『ふらんす物語』（発禁）を発表し、文名を高める。1910 年、慶應義塾文学科教授となり「三田文学」を創刊。その一方、花柳界に通いつめ、『腕くらべ』『つゆのあとさき』『濹東綺譚』などを著す。1952 年、文化勲章受章。1917 年から没年までの日記『断腸亭日乗』がある。

●編著者
持田叙子（もちだ　のぶこ）
1959 年、東京生れ。近代文学研究者。慶應義塾大学大学院修士課程修了、國學院大學大学院博士課程単位取得退学。1995 年より 2000 年まで『折口信夫全集』（中央公論社）の編集に携わる。著書に、『朝寝の荷風』（人文書院、2005 年）、『荷風へ、ようこそ』（慶應義塾大学出版会、2009 年、第 31 回サントリー学芸賞）、『永井荷風の生活革命』（岩波書店、2009 年）、『折口信夫　秘恋の道』（慶應義塾大学出版会、2018 年）などがある。

髙柳克弘（たかやなぎ　かつひろ）
1980 年、静岡県浜松市生れ。俳人。早稲田大学大学院教育学研究科で松尾芭蕉を研究し、修士修了。2002 年俳句結社「鷹」に入会し、藤田湘子に師事。05 年より「鷹」編集長。04 年「息吹」で第 19 回俳句研究賞を最年少で受賞、08 年『凛然たる青春』で第 22 回俳人協会評論新人賞受賞、10 年句集『未踏』で第 1 回田中裕明賞受賞。17 年度 E テレ「NHK 俳句」選者。主な著書に、句集『寒林』（ふらんす堂、2016 年）、『名句徹底鑑賞ドリル』（NHK 出版、2017 年）、『どれがほんと？——万太郎俳句の虚と実』（慶應義塾大学出版会、2018 年）などがある。

美しい日本語　荷風Ⅱ　人生に口づけする言葉

2020年1月25日　初版第1刷発行

著　者―――永井荷風
編著者―――持田叙子・髙柳克弘
発行者―――依田俊之
発行所―――慶應義塾大学出版会株式会社
〒108-8346　東京都港区三田2-19-30
TEL〔編集部〕03-3451-0931
〔営業部〕03-3451-3584〈ご注文〉
〔　〃　〕03-3451-6926
FAX〔営業部〕03-3451-3122
振替　00190-8-155497
http://www.keio-up.co.jp/
装　丁―――中島かほる
表紙・扉画―――「清香画譜」（天理大学附属天理図書館蔵）
印刷・製本――株式会社理想社
カバー印刷――株式会社太平印刷社

Printed in Japan　ISBN 978-4-7664-2617-5